AESOP'S FABLES

Illustrated by Arthur Rackham

夜ふけに読みたい

旅するイソップ物語

田野崎アンドレーア嵐＋和爾桃子 編訳

アーサー・ラッカム 挿絵

平凡社

夜ふけに読みたい 旅するイソップ物語

σοφοῦ《ソプー》 πρὸς《プロス》 ἀνδρὸς《アンドロス》 ὅστις《ホスティス》 ἐν《エン》 βραχεῖ《ブラケイ》 πολλοὺς《ポッルース》 καλῶς《カロース》 οἷός《ホイオス》 τε《テ》
συντέμναι《シュンテムナイ》 λόγους《ログース》.

賢《かしこ》い人は、長い話をわかりやすく短くする。——エウリピデース

夜ふけに読みたい 旅するイソップ物語―目次

第一部

Ⅲ 生きものたち

第二部　お話の旅

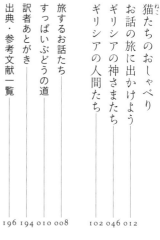

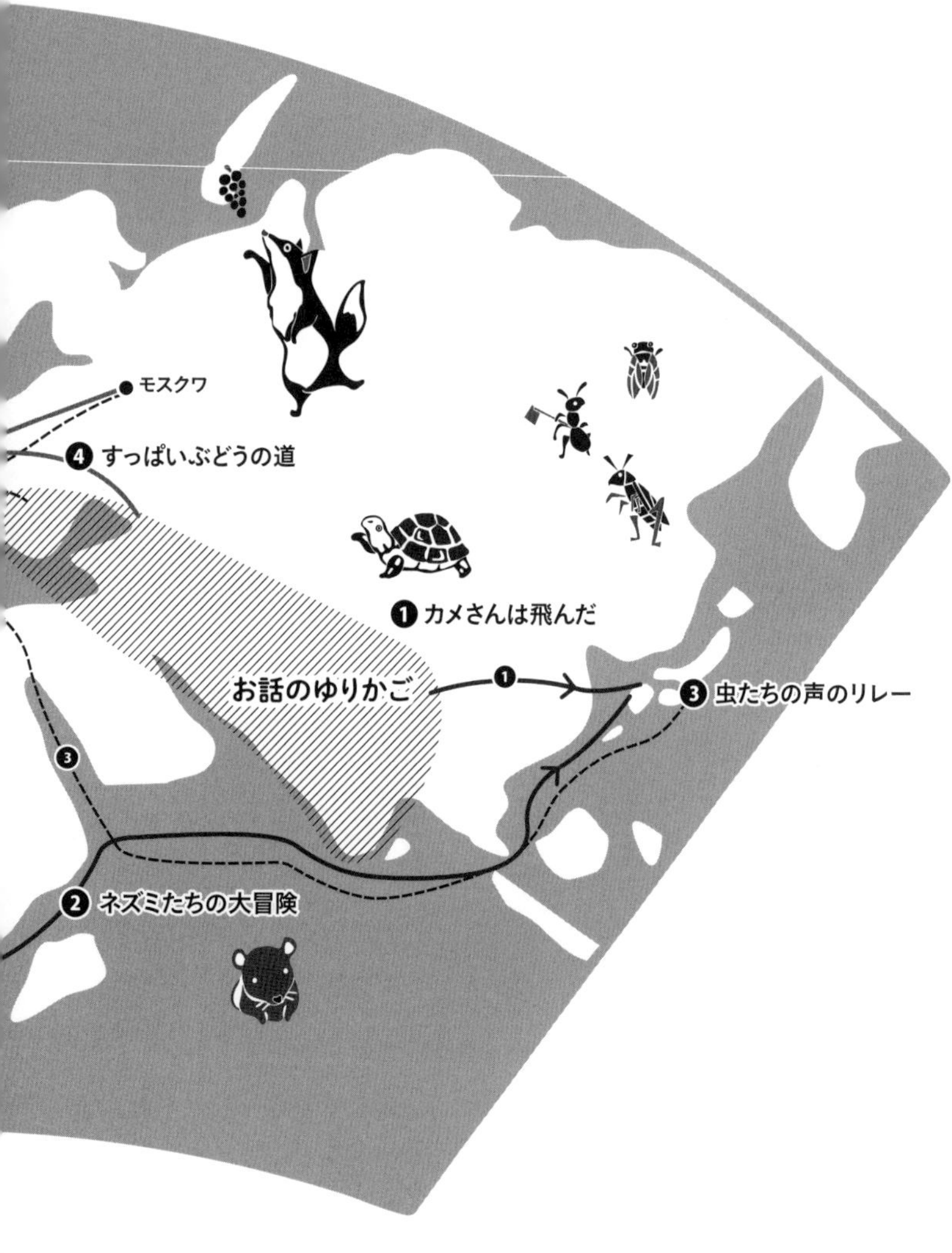

日本のみなさんに会いにきた、イソップのお話たちの長い旅を
地図にしてみました。いつごろ来たかも書いておくね。

～旅するお話たち～

日本やロシアなどに行ったお話の
足どりをたどってみました

❶カメさんは飛《と》んだ
（カメとワシ　目的地《もくてきち》　日本・平安時代）

❷ネズミたちの大冒険《だいぼうけん》
（田舎《いなか》のネズミと町《まち》のネズミ　目的地《もくてきち》　日本・室町《むろまち》時代）

❸虫たちの声のリレー
（アリとセミ　目的地《もくてきち》　日本・明治《めいじ》時代）

❹すっぱいぶどうを追いかけて
（きつねとぶどう　目的地《もくてきち》　ロシア）→次ページの地図へ

❺きちんとお片づけしましょう
（目的地《もくてきち》　アメリカ）

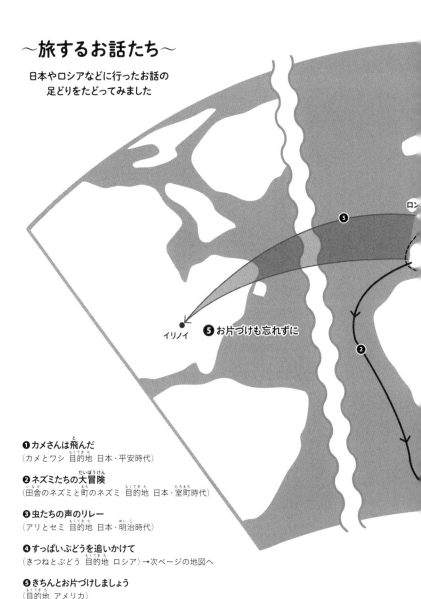

モスクワ
グスブルク
お話のゆりかご
地中海

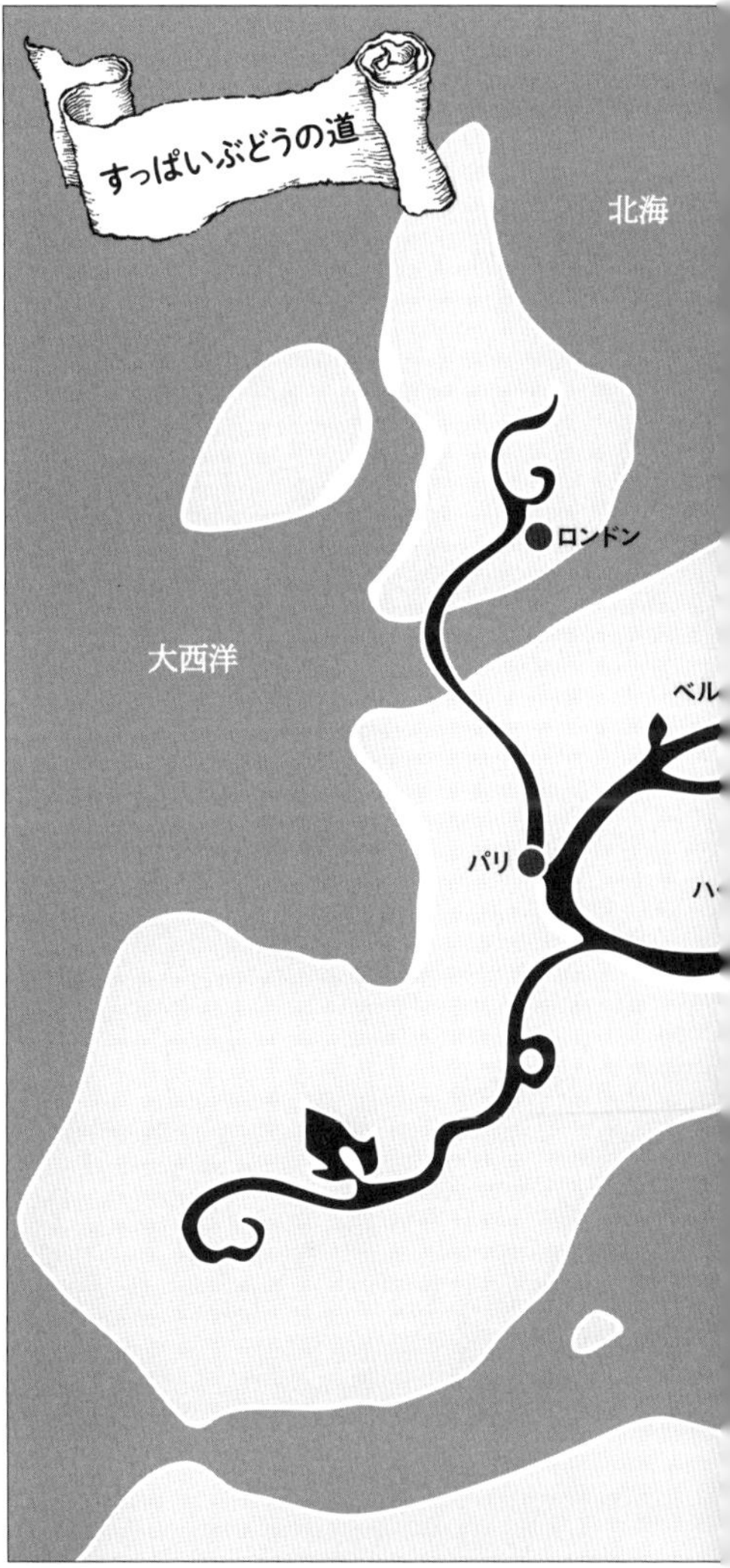

お話が根を張《ね》り、つるをのばして
実をつけるまでを描《えが》いてみたよ。

お話の旅に出かけよう

アイルー：やあ、みんな！　ぼくはアイルー！

ガレー：こんにちは！　わたしはガレーです。

アイルー：えーと、どこから話そうか。『夜ふけに読みたい　はじまりのイソップ物語』はもう読んでくれた？

ガレー：その本ではイソップさんや昔のギリシアのこと、どんなお話がどこでどう始まったか、ギリシアにいた動物たちのことなどをお話ししています。昔のギリシアには本当にライオンがいたんですよ。

アイルー：今はいないけどね。そうそう、初《はじ》めての読者のみなさんに自己《じこ》紹介《しょうかい》しておかないと。ぼくはヴァンネコという泳げるネコの一族です、珍《めずら》しいでしょ。ガレーはリビアヤマネコで、

ネコたちのご先祖《せんぞ》と呼《よ》ばれる古い血筋《ちすじ》なの。泳ぎは苦手だけど木登りはうまいよ。

ガレー：高いところから全体を見るのは好《す》きだな。アイルーはむしろ、深いところ派《は》？　お魚をとりに水に潜《もぐ》るせいか、なんにでも深く潜《もぐ》りたがるよね。

アイルー：まあね。そんなぼくらが説明《せつめい》係です。よろしく！

第一部と第二部に分けています

ガレー：この本では、『はじまりのイソップ物語』で生まれたお話たちのその後をお見せしたくて、本全体をふたつに分けてみました。

アイルー：第一部はおなじみのイソップ物語……でもないか、ちょっと珍《めずら》しいお話が多いね。ギリシアの神さまたちや人間たちの豆知識《まめちしき》も、区切りごとに入れておいたよ。

ガレー：ただし、さっきも言ったように、動物たちの豆知識《まめちしき》は『はじまりのイソップ物語』で説明《せつめい》したので、この本には出てきません。よかったらそっちも読んでみてくださいね。

いいお話ほど旅をする

ガレー：でね、第二部では、お話といっしょに旅をしてみたいと思います。

アイルー：みんなが聞きたがるようないいお話は、国や民族《みんぞく》を飛《と》び越《こ》えてどこまでも伝《つた》わっていくからね。

ガレー：そうやって遠くまで旅しながら、出会った国や民族《みんぞく》に合わせて顔を変《か》えていくよね。

アイルー：そうそう。いいお話ほど旅をするし、いろんな国や民《みん》族《ぞく》の顔を持つようになる。

ガレー：だから、第二部では遠い日本やロシアまで旅したお話が、

旅の途《と》中《ちゅう》でどんなふうに変《か》わっていったかを追いかけてみようと思います。

アイルー：古いお話が生まれた場所ってさ、だいたいギリシアからインドまでにおさまるみたい。この本では8－9ページの地図でそんな地《ち》域《いき》を「お話のゆりかご」と名づけ、そこからそれぞれのお話の旅ルートをなぞれるようにしました。

ガレー：終着点は日本とロシアです。あと、世界のイソップ物語をきれいにお片《かた》づけしてくれた人のことも最《さい》後《ご》にご紹《しょう》介《かい》しますね。

第一部

I　ギリシアの神々

善《ぜん》と悪

善《ぜん》たちはみんな悪に負《ま》けて天へ逃《に》げこみ、ずっと人間のそばにいるにはどうすればよいですかとゼウスの神に尋《たず》ねました。するとゼウスは、みんなでぞろぞろ行ってはだめだ、ひとりずつになって人間を訪《たず》ねなさいと教えてくれました。こうして悪は人間の近くにはびこり、いつでも襲《おそ》ってきますが、善《ぜん》は天からそろりそろりとやってくるようになりました。

ですから善《ぜん》にはめったに会えませんが、悪なら毎日のように見かけますね。

農夫《のうふ》と運の女神《めがみ》

農夫《のうふ》が畑でたまたま黄金を掘《ほ》り当《あ》て、きっと大地の女神《めがみ》のおかげだろうと花輪《はなわ》を毎日お供《そな》えしていました。すると運の女神《めがみ》があらわれ、「これ、おまえ。それはわたくしが与《あた》えたご利益《りやく》なのに、どうして大地の女神《めがみ》のおかげにする。この先、思いがけずこの金を使《つか》い果《は》たしてしまうようなことがあれば、今度はわたくしのせいにする気だろう」

感謝《かんしゃ》するなら、相手を間違《まちが》えないようにしましょう。

ゼウスとカメ

ゼウスが結婚《けっこん》し、披露宴《ひろうえん》に動物みんなを招《まね》くことにしました。ところがカメだけが無断欠席《むだんけっせき》し、あくる日に理由を問いただされました。

そしたらカメは、「だって、やっぱり自分の家がいちばんでしょう」などと答えてゼウスを怒《おこ》らせ、「なら、これからはいつでもどこでも背中《せなか》に家をしょっていけ」と言われてしまいました。

まあでも、〝よその豪華《ごうか》なパーティより、おうちで地味にまったり派《は》〟は、なにもカメだけじゃありませんよね。

ゼウスの判決《はんけつ》

ゼウスはヘルメースに命じて、人間の悪行を陶器《とうき》のかけらにメモして脇《わき》の木箱に入れさせ、ひとつずつ取り調べた上できちんと報《むく》いを受けさせることにしました。かけらはあとからあとから積《つ》み上《あ》がるので、ゼウスの進み具合にもばらつきが出ます。だから、中には罪《つみ》を犯《おか》してもなかなかバチが当たらない悪人も出てくるわけですよ。

最後《さいご》に残《のこ》ったのは

ゼウスはありとあらゆる幸運を集めてきて大きな箱に入れ、よくふたをして、ある人に預《あず》けました。預《あず》かった人は中身を知りたくてたまらなくなり、ふたをずらしてのぞこうとしました。すると幸運たちはてんでに逃《に》げて天の館へ飛《と》んでいってしまい、あわてて閉《し》め直《なお》したら「希望《きぼう》」だけがなんとか残《のこ》りました。ですから残《のこ》った希望《きぼう》だけが人間の強い味方になり、逃《に》げてしまった幸運を引《ひ》き寄《よ》せる手助けをしてくれるのです。

ゼウスとアポローン

ゼウスとアポローンが弓の腕比《うでくら》べをしました。アポローンはいっぱいに弓を引きしぼり、うんと遠くへ飛《と》ばしたのに、ゼウスのたった一歩であっさりと矢に追いつかれてしまいました。

格《かく》が違《ちが》う人と背伸《せの》びして張《は》り合《あ》おうとすればするほど、恥《はじ》をかくのは自分です。

ゼウスとヘビ

ゼウスの結婚《けっこん》が決まると、ありとあらゆる生きものがお祝《いわ》いを持ってきました。ヘビもバラをくわえてゆっくりと天にやってきましたが、ゼウスは、「他の者からの祝《いわ》いなら足でさしだされても受け取るが、おまえのは口からでも受け取らんぞ」

悪人によくしてもらっても、後がこわいですからね。

ゼウスと人間

ゼウスは人間を作りだすと、分別《ふんべつ》を入れてやれとヘルメースに命じました。ヘルメースは分別《ふんべつ》を平等に分けてひとりずつ入れてやったので、小柄《こがら》な人の全身にはよく行きわたって賢《かしこ》くなりましたが、大柄《おおがら》な人には量《りょう》が足りませんでした。図体《ずうたい》ばかりので、くのぼうにお似合《にあ》いのお話です。

旅人と正直の女神《めがみ》

ある男が荒野《こうや》を歩いていると、女がひとりぼっちでしょんぼりと立っていたので、名を尋《たず》ねれば、「正直の女神《めがみ》です」と答えます。それで、「町の外のこんな荒野《こうや》でどうされたんですか」ときいてみたら、女神《めがみ》が言うには、「前には嘘《うそ》つきが町にあまりいなかったのです。それが今日びときたら誰《だれ》もかれも嘘《うそ》まみれ、耳や口から出入りするのは根も葉もないデタラメだらけですもの」

旅人とヘルメース

長旅中のある人が、拾いものはヘルメースさまと山分けいたしますと願《がん》をかけました。そしたらアーモンドとナツメヤシの革袋《かわぶくろ》をたまたま見つけ、銀貨《ぎんか》の袋《ふくろ》かなと思って拾い上げます。中をあらためて全部ひとりで食べてしまうと、食用にならないアーモンドの果肉《かにく》とナツメヤシの種《たね》だけをお供《そな》えしました。「ヘルメースさま、こちらがお約束《やくそく》の品です。拾いものの外も内もお供《そな》えいたしましたよ」

欲《よく》のためなら神までだまそうとする、ごうつくばりのお話です。

ヘルメースと木こり

ある男が川っぷちで木を切るはずみに斧《おの》を川に飛《と》ばしてしまい、土手に座《すわ》りこんでメソメソしていると、やってきたヘルメースが気《き》の毒《どく》がってわけをたずね、川にもぐって金の斧《おの》を持ってあがってきて、落としたのはこれかとききました。男に違《ちが》うと言われると、お次は銀の斧《おの》を持ってあがり、だったらこれかとたずねます。男がかぶりを振《ふ》ると、三度めにさっき落とした斧《おの》を持ってきました。これです、と喜《よろこ》ぶ男の正直さをめでて、ヘルメースは金や銀の斧《おの》も授《さず》けてやりました。

男はありがたく受け取り、木こり仲間《なかま》に今の話をしに行きました。別《べつ》の男がそれを聞いてうらやましがり、おれもあやかりたいと斧《おの》をひっさげてあの川に出かけ、伐採《ばっさい》中にわざと激流《げきりゅう》に斧《おの》を放りこむと座《すわ》りこんで泣《な》いていました。

あらわれたヘルメースにわけをたずねられ、斧《おの》をなくしたと言います。金の斧《おの》を持ってあがってきたヘルメースに確認《かくにん》されると、欲《よく》をかいてそれですと返事してしまい、おかげで金の斧《おの》どころか自分の斧《おの》も返してもらえませんでした。
神さまは正直者に優《やさ》しいのと同じくらい、悪人には手厳《てきび》しいというお話です。

カラスとヘルメース

カラスがわなにかかり、助けてくれたらお香《こう》を捧《ささ》げますとアポローン神に祈《いの》りました。そうやって急場《きゅうば》をしのいでおきながら、神さまへの約束《やくそく》をすっぽかしてしまいます。そうして、また別《べつ》のわなにかかると今度はアポローンを避《さ》けて、いけにえと引きかえにヘルメースに助けを祈《いの》りました。

そこへ出てきたヘルメースがおっしゃるには、「けしからんやつだ、おまえなんか信用《しんよう》できるか。前の主人をないがしろにして、不義理《ふぎり》をはたらくようなやつだぞ」

恩知《おんし》らずは、いざという時に見向きもされません。

石工とヘルメース

石工が自作のヘルメース像《ぞう》を売っていました。目をとめた男はふたりいて、ひとりはつい先ごろに息子《むすこ》を亡《な》くしたので墓石《はかいし》にしたい、もうひとりはそのまま美術品《びじゅつひん》として飾《かざ》りたいとのこと。夜もふけたので石工はひとまず、その場をおひらきにして、あしたの朝にいらっしゃればまたお見せしましょうと約束《やくそく》しました。その晩《ばん》、石工の夢《ゆめ》の門にヘルメースご自身が立ち、こうおっしゃいました。「これでわたしの運命はおまえしだいだ。死人になるか、神になるかはおまえの一存《いちぞん》で決まる」

ヘラクレスとアテーナー

いさかいが大きな害《がい》をもたらすのは誰《だれ》の目にも明らかというお話です。

ヘラクレスが小道を歩いていると、リンゴのようなものが地べたに落ちていました。踏《ふ》みつぶそうとしたら倍の大きさにふくれたのでさらに強く踏《ふ》んづけ、こん棒《ぼう》をふるって本気でつぶしにかかりました。そうしたら、かえって道をふさぐほどにふくれあがり、あっけにとられてこん棒《ぼう》を取り落としたところへ、アテーナー女神《めがみ》があらわれて教えてくれました。

「弟よ、かまってはだめ。それは敵意《てきい》と争《あらそ》いですよ。取り合わずに放っておけばそのままだけど、力ずくでつぶそうとすれば大きく育ってしまうの」

＊ヘラクレスとアテーナーのお父さんはどちらもゼウスです。お母さんはそれぞれ違《ちが》います。

ヘラクレスとハーデース

ヘラクレスが神となってゼウスの館に迎《むか》えられた時のこと、集まった先輩《せんぱい》の神さまたちにいちいち丁寧《ていねい》にあいさつしたのに、最後《さいご》に入ってきたハーデースには床《ゆか》から目を上げようともせずに背《せ》を向けてしまいました。それをゼウスに見とがめられ、ほかの神にはあんなにちゃんとあいさつしたのに、ハーデースにだけその態度《たいど》はなんだと言われて、こう答えました。

「そりゃあ、背《せ》を向けたくもなりますよ。だっておれが人間だったころ、あの方がつるんでいたのはたいてい悪人ばかりでしたから」

まぐれで金を持っている悪人を、わかりやすくたとえればこうなります。

＊ハーデースはゼウスのお兄さんで、あの世を支配《しはい》していますが、財産《ざいさん》や富《とみ》の神でもあります。

ヘラクレスと徳《とく》と悪徳《あくとく》

賢人《けんじん》プロディコスは『ヘラクレス伝《でん》』で、徳《とく》にまつわるこんなお話を伝《つた》えています。

「青年期とは、おとなになった若者《わかもの》が徳《とく》または悪徳《あくとく》の人生のどっちに行くか選《えら》ぶ時期だが、青年期にさしかかったヘラクレスは静《しず》かな場所に行くと、腰《こし》をおろしてどちらの道にするかで悩《なや》んでいた。そこへ大きな女がふたり近づいてきた。ひとりは品のある美人で、清《きよ》らかな体に純白《じゅんぱく》の衣《ころも》をまとい、謙虚《けんきょ》な目に清楚《せいそ》なたたずまい。もうひとりは豊満《ほうまん》な美人で、目の大きさや上背《うわぜい》をことさらひけらかし、白い肌《はだ》のほうぼうに紅《べに》をさして華《はな》やかに装《よそお》っていた。そうして人目をさかんに意識《いしき》して、自分の身なりが影法師《かげぼうし》まで完璧《かんぺき》かをしじゅう気にしていた。そのふたりが近づいてくると、ひとりはいぜん控《ひか》えめだったが、もうひとりが勝手にしゃしゃり出てヘラクレスに話しかけた。

「ヘラクレス、ふたつの道のどちらにするか悩《なや》んでいるようね。なら、わたしと仲《なか》よくしましょ。すてきに楽な道に案内《あんない》してあげる。喜《よろこ》びを満喫《まんきつ》して苦労《くろう》知らずの人生を過《す》ごせるわ。戦《たたか》いや悩《なや》みわずらいもなく、頭を占《し》めるのは楽しいことばかり。どんな美味珍味《ちんみ》と出会えるだろう、どんな絶景《ぜっけい》や音楽や香《かお》りや手触《てざわ》りが楽しめるだろう、楽しいひと時をともにするのはどんな妻《つま》や愛人《あいじん》や仲間《なかま》だろう、柔《やわ》らかい寝床《ねどこ》の眠《ねむ》り心地《ごこち》はどんなだろう、そういった幸せを、どうすれば苦もなく丸ごと手にできるだろうってね。お金が足りずにそんな幸せに手が届《とど》かなくなりそうでも、心身をすり減《へ》らして苦労《くろう》しないと手に入らないなんて恐《おそ》れなくてもいいのよ。他人の働《はたら》きにあぐらをかけばいいの、自分の持ち分を減《へ》らすまでもない。わたしの取《と》り巻《ま》きには、どこでも甘《あま》い汁《しる》を吸《す》えるという特典《とくてん》がありますからね」

ヘラクレスがたずねて、「あなたさまのお名前は」

女は答えた。「仲間内《なかまうち》では〝幸福の女神《めがみ》〟ね。ただし、わたしを嫌《きら》う連中《れんちゅう》は〝悪徳《あくとく》〟なんて失敬《しっけい》な名で呼《よ》んでるわ」

もうひとりも進み出た。「ヘラクレスよ、わたくしもあなたを訪《たず》ねてまいりました。あなたのご両親を存《ぞん》じ上《あ》げ、また、すくすくと生《お》い育《そだ》つ子ども時代の内面を見守ってきました。そんなあなただからこそ、わたくしに連《つら》なる道をお行きなさい。

そうすれば必《かなら》ず尊敬《そんけい》される気高い人となり、善《よ》き行いをするでしょう。あなたを磨《みが》くことで、わたくしの名もさらなる高みで輝《かがや》きます。ですが、道の初《はじ》めだけを平らにならすようなごまかしはいたしません。世の真実をあるがまま、神々の定めた通りにお伝《つた》えしましょう。神々から苦労抜《くろうぬ》きで与《あた》えられるようなものに、有益《ゆうえき》なものや見事なものはひとつもありません。神々の祝福《しゅくふく》がほしければ信心《しんじん》は欠《か》かせず、友人から好《す》かれたければ思いやりは不可欠《ふかけつ》ですね。国からの名誉《めいよ》がほしければ役に立たなければなりませんし、ギリシア全土で人徳《じんとく》を称賛《しょうさん》されたければ善行《ぜんこう》を積《つ》まねばなりません。豊《ゆた》かな収穫《しゅうかく》を生む畑をお望《のぞ》みなら耕《たがや》す必要《ひつよう》があり、家畜《かちく》で裕福《ゆうふく》になりたければ世話する必要《ひつよう》があります。味方を助けて敵《てき》を負かすに足る、戦場《せんじょう》での強さをお望《のぞ》みなら、戦《たたか》いの技《わざ》にたけた者に学び、技《わざ》を使いこなせるまで鍛《きた》えなければ、ものになりません。身体強化をお望《のぞ》みなら、意のままに体を操《あやつ》れるまで汗水《あせみず》たらして修練《しゅうれん》にいそしみませんと」

そこへ悪徳《あくとく》が割《わ》って入《はい》って、「ヘラクレス、わかるでしょ。この女のいう〝幸せ〟への道のりはとても険《けわ》しくて遠いの。そこへいくと、わたしは楽な近道へ連《つ》れてってあげられる」

すると徳《とく》が言い返して、「あなたにどんな幸せがあるというの、この鼻つまみ者。

なにもやりとげずに、喜《よろこ》びのなにがわかるというのかしら。あなたという女は、望《のぞ》むより先に取ろうとする。空腹《くうふく》になる前に食べ、喉《のど》がかわく前に飲むのね。そうして食の快楽《かいらく》のために料理人《りょうりにん》を雇《やと》い、酒を楽しむために高価《こうか》なワインを求《もと》めて夏に冷水《れいすい》を探《さが》し回《まわ》り、眠《ねむ》りの快楽《かいらく》のために柔《やわ》らかいマットレスでは足りずに寝台《しんだい》の枠《わく》や支《ささ》え板《いた》にまで手間ひまをかける。疲《つか》れをいやすためでなく、ほかにすることがないから眠《ねむ》るのに。さらにあらゆる手管《てくだ》でむりやり快楽《かいらく》を呼《よ》びさまし、女のようにふやけた男にしてしまう。こんなふうに取《と》り巻《ま》きを手なずけ、夜にはふしだらの限《かぎ》りをつくし、昼の有意義《ゆういぎ》な時間を眠《ねむ》って過《す》ごす。あなたは不死《ふし》の存在《そんざい》でありながら神々から追放され、良識《りょうしき》ある人々からは軽蔑《けいべつ》されていますよ。最高《さいこう》にここちよい褒《ほ》め言葉《ことば》をその耳に受けることもなく、最高《さいこう》に目を楽しませる徳積《とくづ》みの善行《ぜんこう》をしたことも、してもらうこともないでしょう。そんな者の言いぐさを誰《だれ》が信《しん》じますか。そんなあなたの望《のぞ》みをかなえる人などいない。まともな精神《せいしん》の持ち主なら、誰《だれ》がわざわざ取《と》り巻《ま》きに加《くわ》わるかしら。若《わか》いうちからひ弱く、老《お》いれば浅《あさ》はかになってしまうのに。若《わか》いうちは苦労《くろう》知らずの贅沢三昧《ぜいたくざんまい》でも、年をとれば苦痛《くつう》まみれで惨《みじ》めになって過去《かこ》の歩みを恥《は》じ、今の自分のありように気はふさぐばかり。若《わか》い時に楽しいことをやりつくしたせいで、老《お》いるまで辛《つら》いことを先送りして、ためこんでしまうのね。そこへいくとわたくしは、神々や人徳《じんとく》ある方々と共《とも》にいます。わたくしを抜《ぬ》きに神や人のお手柄《てがら》は生まれませんし、親しい神々や人間たちからはとりわけ敬《うやま》われ、職人《しょくにん》には望《のぞ》ましい助手、家の主人には間違《まちが》いない代理人、使用人には優《やさ》しい上役、和平のために働《はたら》く人には願《ねが》ってもない助《すけ》っ人《と》、戦《たたか》いでは頼《たよ》れる味方、友情《ゆうじょう》には無二《むに》の相棒《あいぼう》とされています。わたくしの友にとって、飲食はしたくなってからするもので苦痛《くつう》もなく気分もいい。睡眠《すいみん》だって、苦労《くろう》知らずの怠《なま》け者《もの》たちより快眠《かいみん》です。変《へん》な時間に起きてしまうこともないし、やるべきことを放り出して眠《ねむ》りほうけたりもしませんからね。わたくしに従《したが》う若者《わかもの》は老人《ろうじん》に褒《ほ》められて喜《よろこ》び、老人《ろうじん》は若者《わかもの》に尊敬《そんけい》されて誇《ほこ》りを持ちます。喜《よろこ》びとともに過去《かこ》の歩みを振《ふ》り返《かえ》り、今を円満《えんまん》に過《す》ごせます。わたくしを介《かい》して神々と親しみ、友には優《やさ》しく、祖国《そこく》の宝《たから》になれますから。そして定められた天寿《てんじゅ》をまっとうしても不名誉《ふめいよ》の中に置《お》き捨《す》てられたりせず、にぎにぎしい歌にたえず讃《たた》えられて記憶《きおく》にとどめられるのです。よい両親に恵《めぐ》まれたヘラクレスよ、あなたがこうした努力《どりょく》を続《つづ》けていけば、どれほどすばらしい幸せをつかめるでしょうか」

以上《いじょう》がプロディコスによる、徳《とく》がヘラクレスを教えさとす場面です。もちろん、わたしの語りよりはるかに美辞麗句《びじれいく》を駆使《くし》していますが、お若《わか》いかたがたは以上《いじょう》のことを心にとどめおいて、ご自身の将来《しょうらい》の道をまじめに考えるとよいでしょう。

神々の結婚《けっこん》

すべての神々が結婚《けっこん》することになり、くじ引きでめいめいのお相手を決めました。戦争《せんそう》の神ポレモスは出《で》遅《おく》れて、最後《さいご》のくじを引くことになりました。残《のこ》っていたのは傲慢《ごうまん》の女神《めがみ》ヒュブリスだけです。結婚《けっこん》してからは超《ちょう》のつく愛妻家《あいさいか》になったおかげで、傲慢《ごうまん》の行く先々には戦争《せんそう》がついて回るようになったのです。

楽しみと苦しみ

以下《いか》はソクラテスが人々に話したことです。

楽しみなるものは実に風変《ふうが》わりでね、不思議《ふしぎ》なんだが、見かけはまるで正反対なのに、苦しみに近いんだよ。このふたつが同時にやってくることはないが、どちらかを追いかけて手にすれば、必《かなら》ずと言っていいほどもう片方《かたほう》も来てしまう。まるでふたつの体がひとつの頭でつながっているみたいにね。ここからは私見《しけん》だが、イソップがそこに気づいていれば、こんなお話を作ったんじゃないかな。「いがみ合う楽しみと苦しみを神さまが仲直《なかなお》りさせようとしたがうまくいかず、やむなく双方《そうほう》の頭をひとつにした。だから片方《かたほう》があらわれれば、もう片方《かたほう》もじきにやってくる」

アプロディテーと女中

自分の家の外見も内面もまずい下働《したばたら》き女中にのぼせあがり、ねだられるままになんでもホイホイ与《あた》える男がいました。おかげで女中は金のアクセサリーに紫《むらさき》の薄《うす》ものドレスでちゃらちゃらと着《き》飾《かざ》り、奥《おく》さんの言いつけも聞きません。そして、わたしがこんなに美人でいられるのは美と愛《あい》の女神《めがみ》アプロディテーさまのおかげねと、毎日のお灯明《とうみょう》とお供《そな》えを欠《か》かさず、願《ねが》いや悩《なや》みのたびに祈《いの》っていました。そしたらとうとう男と寝《ね》ているところへ女神《めがみ》がお出ましになり、こうおっしゃいました。

「わたくしに感謝《かんしゃ》などしないで。おまえを美人にした覚《おぼ》えはない。おまえなんぞをきれいとは、この男を一体どうしてくれようか」

醜《みにく》いものを美しいと喜《よろこ》ぶ人は、なにかの祟《たた》りで心の目がふさがっているのです。

ろくでなしと神さまのお告《つ》げ

デルポイのアポローン神殿《しんでん》のお告《つ》げは嘘《うそ》っぱちだ、はっきりさせてやると賭《か》けをした不届《ふとど》き者《もの》がいました。そいつは賭《か》けの当日に小スズメ一羽《わ》をこっそりマントに仕込《しこ》んでいき、神殿《しんでん》でアポローン神像《しんぞう》の真正面に立つと、わたしの手が持っているものは生きていますか、死んでいますかとお伺《うかが》いを立てました。もしも答えが「死んでいる」ならスズメを生かしておいて取り出してみせるし、「生きている」ならひねり殺《ころ》してから出そうという魂胆《こんたん》です。

そのいかさまを見破《みやぶ》ったアポローンの答えは、

「悪ふざけもたいがいにせよ。そのものの生き死にはおまえしだいではないか」

人間の身で神さまを試《ため》したり、お告《つ》げをひん曲げたりしようとしてもむだです。

ギリシアの神さまたち

二通りの神さま

アイルー：ギリシアの神さまには二通りあってね。たいていは生まれた時から神さまだけど、人間から神さまになったヘラクレスみたいな例外《れいがい》もあるよ。

ガレー：例外《れいがい》というか、規格外《きかくがい》のすごい人ね。しかも面倒見《めんどうみ》がよくないと神さまには向かないから、なかなか出てこないよ、そんな人。

アイルー：有名なオリュンポスの十二神は、みんな生まれた時から神さまだよ。ギリシア神話の主役級の神さまたちで、ふだんはギリシア一高いオリュンポス山のてっぺんにいる。この章に

出てくる顔ぶれだとゼウス、アポローン、ヘルメース、アテーナー、アプロディテーあたりかな。

ガレー：オリュンポス山といえば、ふもとの神殿《しんでん》で大きな体育祭をやってたね。

アイルー：うん、四年に一度ね。でも、その話はあとにしよう。先に神さまの説明《せつめい》をすませちゃおうか。

「流れ」と「ひねり」のヘルメース

アイルー：ギリシアの神さまってさ、性格《せいかく》きついよねえ。クセもアクも相当だよ。

ガレー：でも、強烈《きょうれつ》なキャラぞろいなのに、けっこう役割《やくわり》がかぶってない？

アイルー：たとえば？

ガレー：もしもわたしが「頭をよくしてください」ってお願《ねが》いす

るなら、どの神さまがいい？　ゼウスは別《べつ》として、ぱっと思いつくのはアテーナーだけど、頭のはたらきなら、アポローンもヘルメースも頼《たよ》れるみたいだし。

アイルー：まず、お勉強なら学問担当《たんとう》のアテーナーだね。勝負強いから合格祈願《ごうかくきがん》も大丈夫《だいじょうぶ》。アポローンはおもに芸術担当《げいじゅつたんとう》だけど、光の神さまだけに、「ものごとに光を当てて明らかにする」に的《まと》を絞《しぼ》ってお願《ねが》いすれば、他の分野もいけるんじゃないかな。

ガレー：なるほど。じゃあ、ヘルメースは？

アイルー：ヘルメースの担当《たんとう》は、「流れ」と「ひねり」。流れを読んで、停滞《ていたい》を防《ふせ》ぐ神さまだよ。頭のはたらきでいうと、人と人とのやりとりがうまくいくとか、自在《じざい》な機知《きち》やユーモアなんかの発想力とかかな。

ガレー：そういうのって知識《ちしき》だけじゃなく、目配りや空気を読む力がいるよね。流れを助ける地頭のよさがほしければ、ヘルメースを頼《たよ》るのもありだな。

アイルー：ただし、ヘルメースは悪知恵《わるぢえ》も担当《たんとう》してる。流れをさまたげさえしなければ、二枚舌《にまいじた》を使ってでも自分の目的《もくてき》を優先《ゆうせん》するから、ヘルメースはペテン師《し》やどろぼうの守り神でもあったんだ。

ガレー：ふうん。だとすると、「ヘルメースと木こり」の話に出てくる木こり仲間《なかま》は、ウソをついたせいじゃなく、ウソにひねりがないから神さまを怒《おこ》らせちゃったのかな。

アイルー：かもね。うまいウソなら、大笑《おおわら》いして斧《おの》を三丁ともくれたと思う。ギリシア人は大昔から頭のよさを大事にしたんだよ。「バカ正直なだけのやつより、悪知恵《わるぢえ》の回るやつのほうがずっとましだ」って。

ガレー：悪知恵《わるぢえ》の回るやつ……まさにイソップさんじゃないか。

アイルー：ホメロスさんの『イーリアス』に出てくるオデュッセウスも、あざとい悪知恵《わるぢえ》のかたまりだったよ。それでもりっぱな英雄扱《えいゆうあつか》いされてる。やりすぎはよくないけど、きれいごとだけじゃ生きていけない時もあるから、少しぐらい腹黒《はらぐろ》いほうが生きやすいかもね。

リンゴに気をつけろ

ガレー：そういえば、「ヘラクレスとアテーナー」で争《あらそ》いがリンゴそっくりなのは、なんで？

アイルー：リンゴひとつがもとで大戦争《だいせんそう》になったからさ。『イーリアス』のトロイア戦争《せんそう》はね、「いちばん美しい女神《めがみ》にあげます」というメモがついた黄金のリンゴをほしがったアテーナーとアプロディテーとヘーラーの大ゲンカから起きたの。結局《けっきょく》リンゴをもらったのはアプロディテーだったけど、あとの女神《めがみ》たちがおさまらず、もめにもめて大ごとになっちゃった。

ガレー：そっか。そりゃあ、アテーナーとしてはリンゴを見るたびに思い出すよな。

アイルー：リンゴってさ、あのへんに古くからある果物《くだもの》なの。しかも長持ちするでしょ。これはギリシアじゃないけど、古代ローマの宴会《えんかい》のフルコースは「卵《たまご》からリンゴまで」と言われてて、最初《さいしょ》に卵料理《たまごりょうり》、最後《さいご》のデザートにリンゴを出すのがお決まりだったんだ。

ガレー：小ぶりのリンゴなら気軽に丸かじりできそうだし、消化にもいいね。

アイルー：しかも赤くてツヤツヤでしょ、木になってたら思わず手がのびちゃう。取り合いになるのもわかるよ。そのせいかな、キリスト教の時代になるとアダムとイブが食べた「知恵《ちえ》の実」も、なんとなくリンゴにされちゃって。聖書《せいしょ》には、リンゴなんてひとことも書いてないんだよ？

ガレー：リンゴなら、だれでも誘惑《ゆうわく》されるってわけか。昔から人を惹《ひ》きつける実だったんだね。

Ⅱ 人間いろいろ

おばあさんと医者

目の調子が悪いおばあさんが、後払《あとばら》いで往診《おうしん》を頼《たの》みました。往診《おうしん》の医者は薬を塗《ぬ》ってやりながらも、おばあさんが目をつぶったすきに家の品物をこまめにくすねていきました。そうやって全部盗《ぬす》んだところで治療《ちりょう》も終わり、約束《やくそく》の後払《あとばら》いをくれと言ったらおばあさんにつっぱねられたので、役所へ訴《うった》え出《で》ました。おばあさんによれば、約束《やくそく》した後払《あとばら》いは目がよくなればの話で、よくなるどころか前より悪くなったと言います。

「だってさ、前は家の中の品物がちゃんと見えてたのに、今はぜんぜんだもの」

悪人はこんなふうに欲《よく》をかきすぎてボロを出すのです。

目が不自由《ふじゆう》な人

目が不自由《ふじゆう》なのに、両手にのせるだけでどんな生きものでもわかってしまう人がいました。ある時に山猫《やまねこ》の子を渡《わた》してもらい、なでてから首をかしげて、

「うーん、子おおかみかな、子ぎつねかな、それともほかのなにかの子かな。よくわからんが、ひとつだけ言い切れるのは、羊の群《む》れとはいっしょにしないほうがいいね」

これと同じで、たたずまいから、たちの悪さが透《す》けて見えることはよくあります。

カタツムリを焼《や》く子

農夫《のうふ》の子が焚《た》き火《び》でカタツムリを焼《や》いていました。火にかけたカタツムリがキューキュー鳴くのを聞いて、「しょうもないなあ、こいつら。自分ちが燃《も》えてんのに歌なんか歌いやがって」

時と場所に合わないことをすれば、もれなくこうして非難《ひなん》されるわけです。

漁師《りょうし》とニシン

漁師《りょうし》の網《あみ》にニシンがかかりました。ニシンが命乞《いのちご》いして言うには、まだ小さいので今回は逃《に》がしてください、あとでもっと大物になってからつかまえたらいいじゃないですか。漁師《りょうし》は答えて、「あやふやな皮算用を当てにして、せっかく手に入った獲物《えもの》を捨《す》てたりしたら、おれはとびきりおめでたいやつってことだな」

このお話が教えるように、いくら小さくても現《げん》にある利益《りえき》は、ただの皮算用にすぎない大きな利益《りえき》よりも大事なものです。

ほら吹《ふ》きの旅人

地元では勢《いきお》いが足りないと叩《たた》かれて、ずっとくすぶっていた五種競技選手《しゅきょうぎせんしゅ》が、長期海外遠征《えんせい》に出かけました。そしてひさびさに戻《もど》ってきてみれば、ずいぶんな大ぼら吹《ふ》きになっているではありませんか。こんな調子です。おれは遠征先《えんせいさき》の国々にとことん名を売ってきたぜ、特《とく》にロードス島じゃ、四年に一度のオリュンピア祭の優勝者《ゆうしょうしゃ》でもかなわないような記録《きろく》を出したからなあ、などなど。さらに調子に乗って、その時に現地《げんち》の競技場《きょうぎじょう》にいたやつらが証人《しょうにん》だとかなんとか言いだしたので、誰《だれ》かがぴしゃりと、

「おいあんた、今のがほんとなら証人《しょうにん》はいらん。ここがロードスだと思ってやってみな」

本当にお茶の子さいさいなら、むだ口を叩《たた》いてないでやってみせろというわけです。

農夫《のうふ》と息子《むすこ》たち

死の床《とこ》にある農夫《のうふ》が息子《むすこ》たちを呼《よ》び集《あつ》め、それぞれを一本立ちさせようと、こんな遺言《ゆいごん》を残《のこ》しました。

「おまえたち、うちのぶどう畑のどこかに宝《たから》を埋《う》めておいたぞ」

父親が死ぬと、息子《むすこ》たちはてんでにすきやクワをとって畑をくまなく掘《ほ》り返《かえ》しました。すると宝《たから》こそ見つかりませんでしたが、ぶどうは例年《れいねん》の何倍もの大豊作《だいほうさく》になりました。

つまりは汗水《あせみず》たらして丹精《たんせい》することが、人生の宝《たから》なのです。

旅のライオンと人間

ふだんは恐《おそ》れ知《し》らずの勇者《ゆうしゃ》ぶっていても、いざとなればおじけづく人は多いですね。

旅のライオンが人間と道連《みちづ》れになりましたが、どちらも自慢《じまん》たらたらのいばり屋です。しばらくして、ライオンを絞《し》め殺《ころ》す人間の石像《せきぞう》が見えたので、男が指さして、「どうだ、きみらより人間のほうが強いんだぞ」といばります。するとライオンはにやりとして、「ライオンに彫刻《ちょうこく》ができたら、人間を押《お》さえこむライオンの石像《せきぞう》がどっさり拝《おが》めるぞ」

かじ屋と犬

かじ屋がペットを飼《か》っていました。かわいい小犬で、ご主人の仕事中はずっと寝《ね》ていますが、ごはん時になればちゃっかりと起きてきます。ご主人は骨《ほね》を投げてやりながら、「ねぼすけのチビわんこめ、こんなざまでいったいなんの役に立つやら。おれがトンカンやってる間は爆睡《ばくすい》してるはずなのに、ちらっとでも飲み食いの気配をかぎつけるが早いか、お目めぱっちりでしっぽまで振《ふ》ってきやがる」

あたりまえですが、食べものを手に入れるためや子孫《しそん》を残《のこ》すためなら、どんな生きものも本気を出します。

どら息子《むすこ》とツバメ

親の遺産《いさん》を使《つか》い果《は》たした、どら息子《むすこ》がいました。なけなしの手持ちはマント一枚《まい》だけなのに、季節《きせつ》はずれのツバメを見かけて、なんだもう夏か、だったらマントもいらないなと勘違《かんちが》いして売っぱらってしまいました。そこへ寒気がぶりかえし、凍《こお》るような中をうろついていると、あのツバメの死骸《しがい》が地べたに転がっていました。

「ツバメよう、おいらはもうだめだ。おまえのせいだぞ」

時や季節《きせつ》に逆《さか》らっても、むだです。

馬と兵士《へいし》

ある兵士《へいし》は愛馬《あいば》を戦友扱《せんゆうあつか》いし、出征中《しゅっせいちゅう》は大麦を与《あた》えて大事に飼《か》っていました。ところがいざ終戦《しゅうせん》となったとたんに雑用《ざつよう》や重荷を運ぶ仕事で馬をこき使い、かいば代をケチって、もみがらに格下《かくさ》げしました。そこへまた戦争《せんそう》になるらしいと聞こえてきて開戦《かいせん》ラッパが鳴り、あの兵士《へいし》もさっそく武装《ぶそう》して、くつわをかけた馬にまたがりました。ですが、馬はこれっぽっちも踏《ふ》んばれずに倒《たお》れこみ、「重装歩兵《じゅうそうほへい》にでもなりなよ、だったら馬はいらんだろう。おれを馬からロバに変《か》えておきながら、なんで、またぞろ馬に逆戻《ぎゃくもど》りさせようとするのさ」

お笑《わら》い芸人《げいにん》と田舎者《いなかもの》

さる貴族《きぞく》がおふれを出し、自分が主催《しゆさい》する劇場《げきじよう》公開イベントで斬新《ざんしん》な演技《えんぎ》をした者には賞金《しようきん》をはずむぞと宣言《せんげん》しました。それにつられて手品師《てじなし》や曲芸師《きよくげいし》や軽業師《かるわざし》がわれもわれもと手を上げる中、ダントツの一番人気はまっさらの新ネタをおひろめしましょうと予告《よこく》したお笑《わら》い芸人《げいにん》でした。当日は開演《かいえん》前に早くも超満員《ちようまんいん》で、何人かの出番に続《つづ》いて、いよいよ真打ちのお笑《わら》い芸人《げいにん》が手ぶらでふらりとご登場です。とたんに客席《きやくせき》は水を打ったようになり、あの芸人《げいにん》がやおらうつむくと、高らかにブタの鳴きまねをしてみせました。それはもう真に迫《せま》っていて、どこかにブタを隠《かく》しているだろう、早く出せと客席《きやくせき》からせっつかれたほどです。ですが、どこにもいないとわかると、今度はやんやの拍手喝采《はくしゆかつさい》が起きました。

客席《きやくせき》にへんぴな土地の者がいて、今のはブタの鳴き声とは違《ちが》うんじゃないかとケチをつけ、芸人《げいにん》のほうでも受けて立って、明日またリベンジをやりますと宣言《せんげん》しました。おかげでまたも超満員《ちょうまんいん》になった客席《きゃくせき》からさかんな声援《せいえん》を受けて、またもやあの鳴きまねが披露《ひろう》されました。田舎者《いなかもの》のほうは上着にこっそり子ブタをひそませて舞台《ぶたい》に上がり、大向こうから、「あれ以上《いじょう》にやれるもんならやってみな」とヤジられながらブタの耳をつねって盛大《せいだい》に鳴かせました。ところが、満場一致《まんじょういっち》で芸人《げいにん》に軍配《ぐんばい》が上がるではありませんか。そこで服の下からブタを出してみせてチクリと皮肉りました。「それ見ろ。あんたらの目利《めき》きなんざ、しょせんはその程度《ていど》さ!」

ラッパ兵《へい》

敵軍《てきぐん》に包囲《ほうい》され、逃《に》げ場《ば》をなくしたラッパ兵《へい》が大声で、

「待ってくれ、殺《ころ》せばいいってもんじゃない。おれはここまでひとりも殺《ころ》さずにきたんだ。見ての通り、このラッパ以外《いがい》はまったくの丸腰《まるごし》なんだぞ」

敵兵《てきへい》はそれに答えて、

「だから生かしちゃおけないんだよ。ひとりも殺《ころ》してないと言うがな、おまえはそのラッパでさんざん人をけしかけて戦《たたか》わせてきたじゃないか」

残虐行為《ざんぎゃくこうい》の実行犯《じっこうはん》より、そそのかした人のほうが罪《つみ》は重いというお話です。

農夫《のうふ》とコウノトリ

農夫《のうふ》が畑を荒《あ》らすツル用の網《あみ》を張《は》り、離《はな》れた場所から見張《みは》っていました。そしたらコウノトリもツルについてきたので、まとめて捕《と》らえました。「コウノトリは害鳥《がいちょう》どころか、マムシなんかの長虫を退治《たいじ》する大した益鳥《えきちょう》なんです、だから逃《に》がしてくださいよ」と命乞《いのちご》いされたのですが、農夫《のうふ》はこう答えました。

「だめだめ。大した悪さはしていなくても、悪いのとつるんでりゃ、とばっちりはどうしたって食《く》らうもんだよ」

ですから、わたしたちも悪い連中《れんちゅう》とはなるべく距離《きょり》を置《お》き、お仲間《なかま》だと思われないように気をつけることです。

けちんぼ

けちんぼが全財産《ぜんざいさん》をはたいて金塊《きんかい》を買い、町の城壁《じょうへき》前に埋《う》めておいて、足しげく見に行きました。その様子を近所の職人《しょくにん》にかぎつけられ、けちんぼが行ってしまったあとで金塊《きんかい》のありかを探《さぐ》り当《あ》てられてしまいました。次に来てみたら金塊《きんかい》は影《かげ》も形もなく、人目もかまわずに髪《かみ》をかきむしって大泣《おおな》きしていたら、もののわかった人にこう言われました。

「そんなに泣《な》かなくたっていいじゃないか。かわりに石を埋《う》めて金塊《きんかい》だと思えばいい。どうせ、これまでだって使わずに置《お》いとくだけだったろ」

せっかくお金があっても、ただ見るだけなら石ころと変《か》わりません。

羊飼《ひつじか》いとおおかみ

とある羊飼《ひつじか》いが夕方に羊を囲《かこ》いに入れていて、羊とまぎらわしい色をしたおおかみまで入れてしまいそうになりました。牧羊犬《ぼくようけん》がこれを見て、

「こんなのまで連《つ》れこんでおいて、全力で羊の安全を守ってますとか、よく言えたな」

両手に花のはずだったのに

分別盛《ふんべつざか》りの中年おじさんに愛人《あいじん》がふたりいました。ひとりは若《わか》く、もうひとりは年上です。年上の女は相手の男が若《わか》く見えては困《こま》るので、会うたびに男の黒髪《くろかみ》を目のかたきにしてせっせと抜《ぬ》いていました。いっぽう若《わか》い女はというと、いい年こいたおっさんの愛人《あいじん》なんて体裁《ていさい》が悪いから白髪《しらが》退治《たいじ》に精《せい》を出すのでした。こんな調子でふたりにさんざん抜《ぬ》かれ、いつしかつるつる頭になってしまいました。柄《がら》にもないことをするからです。

クワをなくした農夫《のうふ》

ぶどう畑のみぞ掘《ほ》り作業中に農夫《のうふ》愛用《あいよう》のクワがなくなり、おおかたその場にいた小作人どもの誰《だれ》かだろうと目星をつけて犯人探《はんにんさが》しにかかりました。ですが誰《だれ》も名乗り出ず、こうなったら全員を町へ連《つ》れて行《い》って、最後《さいご》の手段《しゅだん》で神さまの判定《はんてい》を仰《あお》ごうということになりました。のんびりした田舎《いなか》の神さまと違《ちが》って、テキパキした町の神さまならよろずお見通しだろうというわけです。

一行が町の門を入り、手荷物の革袋《かわぶくろ》をおろして泉《いずみ》で足を洗《あら》っていると、町の触《ふ》れ役《やく》が大声で通りました。神殿《しんでん》から盗《ぬす》まれた品のありかを教えた者には千ドラクマの賞金《しょうきん》が出るぞ。

そう聞いた農夫《のうふ》は、「やれやれ、とんだむだ足だったな。自分ちの盗《ぬす》みの犯人《はんにん》も見抜《みぬ》けずに金ずくで人に頼《たよ》る神さんじゃ、よその盗《ぬす》みなんかなおさらだ」

できないことを約束《やくそく》されても、信《しん》じられませんよね。

弁論家《べんろんか》デマデース

ある時、弁論家《べんろんか》のデマデースがアテーナイで演説《えんぜつ》をしていました。ですがさっぱり乗ってこない聴衆《ちょうしゅう》にイソップのお話でもさせてもらいましょうかと伺《うかが》いを立て、ようやく聞く気になった人々に話しだして、「女神《めがみ》デメテルとツバメとウナギが共《とも》に旅をしていました。そろって川へたどりつくと、ツバメは舞《ま》い上《あ》がり、ウナギはどぼんと川底《かわぞこ》にもぐりました」

そこで黙《だま》りこみ、「女神《めがみ》さまはどうした」と聴衆《ちょうしゅう》にせっつかれると、

「あんたらにお腹立《はらだ》ちだよ。国難《こくなん》そっちのけでイソップなんぞ聞いとる場合か」

浅《あさ》はかな人ほど、待ったなしの重大事をさしおいて遊びごとにうつつをぬかすのです。

ディオゲネスの旅

哲人《てつじん》ディオゲネスが旅をして川岸に出ました。そしたら増水《ぞうすい》中で手も足も出ず、ただ立《た》ちつくしていました。すると、困《こま》っている彼《かれ》を見かけた土地の者が、わざわざ川の渡《わた》し役《やく》を買って出て肩車《かたぐるま》で渡《わた》してくれました。その親切にお礼をしようにも、ディオゲネスにはあいにく手持ちがなく、ただ手をもみしぼるばかりです。くよくよしているうちに、さっきの人が、ほかの旅人に駆《か》け寄《よ》って渡《わた》らせてやっているのが見えました。

それで、ディオゲネスはその人に近づいて言いました。「きみに感謝《かんしゃ》する気はもうなくなったよ。これぞという人を渡《わた》らせるのではなく、誰《だれ》かれなしだったんだね」

人を見ずに親切を垂《た》れ流《なが》したところで人望《じんぼう》は集まらず、かえって見る目がないと言われてしまいます。

なにもそこまで

犬猿《けんえん》の仲《なか》のふたりが同じ舟《ふね》に乗っていました。なるべくお互《たが》いに離《はな》れたくてひとりは船首、もうひとりは船尾《せんび》へ行きました。にわかな嵐《あらし》に舟《ふね》が転覆《てんぷく》しそうになり、船尾《せんび》の男が水夫《すいふ》にたずねました。「まっ先に沈《しず》みそうなのは舟《ふね》のどこらへんかね」「船首からだね」と言われると、「だったら死んでもかまわん。先にあいつが溺《おぼ》れ死《じ》ぬのを見られるんだから」

憎《にく》しみにとりつかれ、こんなふうに刺《さ》し違《ちが》えてでも人の破滅《はめつ》を見たがる人はいます。

狩人《かりゅうど》と馬上の男

狩人《かりゅうど》が獲物《えもの》のウサギを持って歩いていました。すると、馬に乗った行きずりの男がさも買いたそうにして見せてくれと言います。ところがウサギを渡《わた》したとたんに、馬を飛《と》ばして持《も》ち逃《に》げされました。狩人《かりゅうど》はあきらめ悪く追いかけましたが、はるか遠くへ逃《に》げられてやむなく大声で負け惜《お》しみを言いました。「とっとと行っちまえ。あのウサギなら、初《はじ》めからくれてやるつもりだったんだ」

むりやり奪《うば》われたのに、のしをつけてやったんだと強がる人はそれなりにいます。

馬と牛と犬と人間

寒さにすくんだ馬と牛と犬が人間の家を訪《おとず》れました。人間は三匹《びき》を迎《むか》え入《い》れて火にあたらせてやり、馬には大麦を、牛にはもみがらを、犬にはテーブルの食べものをあてがいました。よくしてもらったお礼に、動物たちはめいめいの寿命《じゅみょう》を気前よく人間に分けてやりました。まずは馬が分けてくれ、おかげで人生の初《はじ》めはわがままで怒《おこ》りっぽくなりました。お次は牛で、人間はなりふりかまわず金もうけにこだわるようになりました。そして最後《さいご》は犬だったので、晩年《ばんねん》にはなにかと気難《きむずか》しくなり、ものをくれる人には大喜《おおよろこ》びでしっぽを振《ふ》りますが、くれない人には吠《は》えて嚙《か》みつくようになりました。

性悪《しょうわる》で、ものをくれる相手ばかりをえこひいきする人がいるのはそのためです。

どろぼうと宿屋のおやじ

ある宿屋で、どろぼうがすきをうかがいながら何泊《なんぱく》かしていました。うまいきっかけをつかめずにいるうちに、ある日、宿屋のおやじがおろしたての晴れ着で玄関《げんかん》先《さき》に腰《こし》をおろしていました。どろぼうは他に人目がないのを見すまして、いっしょに腰《こし》をおろして世間話にかかります。そうしてしばらく話してから、あくびまじりにおおかみそっくりの吠《ほ》え声《ごえ》を出しました。

おやじに「どうしたんだよ」と言われ、「話してやってもいいが、ここに服を脱《ぬ》いでおくから見張《みは》っててくれないか。いやね、だんな、なんでこんなあくびが出るのかは自分でもわからんし、なんかの罪《つみ》のせいかもしれんが、三回あくびすると人食いおおかみになっちまうんだ」と言うと、またもやあくびと同時に前のような吠《ほ》え声《ごえ》を出しました。

おやじはどろぼうの言い分をうのみにして、早くも腰《こし》が引けています。そんなおやじの服をつかんで拝《おが》み倒《たお》さんばかりに、「まあ待ってくれよ、おれが服を破《やぶ》いちまわないように預《あず》かっててほしいんだ」

と、大口を開けて三度めのあくびにかかるや、おやじはとうとう震《ふる》え上《あ》がり、晴れ着を脱《ぬ》ぎ捨《す》てていちもくさんに宿屋の奥《おく》へ逃《に》げこみました。どろぼうはその晴れ着をちょうだいして引《ひ》き揚《あ》げたのです。

ありえない話を信《しん》じても、得《とく》になることはひとつもありません。

狩人《かりゆうど》と漁師《りょうし》

山で狩《か》りをすませてきた狩人《かりゆうど》が、びくいっぱいの魚をとって戻《もど》ってきた漁師《りょうし》と行き会いました。狩人《かりゆうど》は海の魚が、漁師《りょうし》は野の獣《けもの》がほしくなって物々交換《ぶつぶつこうかん》しました。それをきっかけにいつも獲物《えもの》をやりとりするようになり、めいめいおいしくいただきましたが、ある人にこう言われました。「慣《な》れれば嬉《うれ》しくもなんともなくなり、自分の獲物《えもの》にまた目が向くよ」

手近な幸いをよしとせず、すぐによそ見するような人は、これでよしということがありません。

旅人たち

ふたり連《づ》れの旅人が歩いていると、ひとりが斧《おの》を見つけ、「おれが見つけた」と言うのをもうひとりに聞きとがめられ、「それを言うなら、おれたちが、だろ」とたしなめられました。

しばらくして斧《おの》の持ち主たちから追いかけられ、斧《おの》を見つけた男は逃《に》げ切《き》れなくなって、「おれたち、もうだめだ」と弱音を吐《は》いて、もうひとりにやりこめられました。「おれたちじゃなくて自分がだろ。斧《おの》を見つけた時だって、〝おれたちが〟じゃなく〝おれが〟だったじゃないか」

お福分けすらしない人に、いざという時の強い味方などできるわけがありません。

旅人たちとクマ

友人ふたりがいっしょに道を歩いていました。するとクマが出てきたので、ひとりはすぐさま近くの木の上に隠《かく》れ、クマに捕《つか》まりかけたもうひとりは地面にうつぶせになって死んだふりをしました。クマはうつぶせの男に鼻面《はなづら》を寄《よ》せてくんくんかぎまわりましたが、男はそのまま息を殺《ころ》していいます。クマは死体には触《ふ》れないとされていたからです。やがてクマが行ってしまうと、木から降《お》りてきた友人に、さっきはクマになにを耳打ちされたんだいとたずねられて答えました。「友だちが危《あぶ》ない時にそばにいないようなやつと、旅なんかしちゃだめだってさ」

本当の友かどうかは、いざという時までわかりません。

盗《ぬす》みをする子の母

ある子どもが学校で友だちの筆記板を盗《ぬす》んで母に渡《わた》しました。ところが母からおしおきされずに褒《ほ》められたので、今度は服を盗《ぬす》んできたら、母にますます喜《よろこ》ばれました。そうやって大きくなるにつれて、どんどん大それた盗《ぬす》みをはたらくようになり、ついに捕《と》らえられて後ろ手に縛《しば》られ、処刑人《しょけいにん》のもとへ引ったてられていきました。母が息子《むすこ》の姿《すがた》を追いながら胸《むね》を叩《たた》いて嘆《なげ》いていると、「最後《さいご》にどうしても母さんの耳にだけ入れておきたいことがある」と言うではありませんか。

母が顔を近づけると、息子《むすこ》はその耳を嚙《か》みちぎってしまいました。そして、「この親不孝者《おやふこうもの》め」と怒《おこ》る母に言い返したのです。「初《はじ》めて筆記板を盗《ぬす》んだあの時におしおきしてくれれば、おれが死刑《しけい》になることもなかったのに」

芽《め》のうちに摘《つ》みとらないと、悪事はどんどん手に負えなくなります。

ヤギ飼《か》いと野生のヤギ

ヤギ飼《か》いがヤギを牧草地《ぼくそうち》へ出してやりましたが、野生のヤギが群《む》れにまぎれこんだのを見かけ、へたなまねはせずに夕方まとめて囲《かこ》いに戻《もど》しました。

あくる日はひどい荒《あ》れ模様《もよう》で牧場《ぼくじょう》行きをとりやめ、エサの時間には自分のヤギに生かさず殺《ころ》さずの量《りょう》をやるかたわら、お客さんたちにはエサで釣《つ》って飼《か》いならそうという下心から、ふんだんにあてがったのです。

いざ天気もおさまって牧場《ぼくじょう》に出かけていくと、野生のヤギたちは山にたどりつくなり逃《に》げにかかりました。昨日《きのう》はよくしてやったのにとヤギ飼《か》いに責《せ》められて振《ふ》り向《む》き、

「だからよけいに怪《あや》しいんだよ、ぽっと出のおれらを古《ふる》なじみよりチヤホヤして。そこへ別《べつ》のが後入りすれば、今度はそっちにかまけるのは目に見えてるじゃない

か」

旧友《きゅうゆう》より新顔を持てはやす連中《れんちゅう》は、しばらくは仲《なか》よくできてもいずれ別《べつ》の者と親しくなって、てのひらを返すに決まっています。そこをよく考えて、親しくされてもむやみにありがたがってはいけません。

漁師《りょうし》とマグロ

漁《りょう》に出た漁師《りょうし》たちは、ずっと粘《ねば》っても一匹《ぴき》もとれずに船にへたりこんでいました。そこへなにかに追われたマグロがそうぞうしく水しぶきをあげて飛《と》びこんできたのです。漁師《りょうし》たちはさっそくそのマグロを捕《つか》まえて、町へ売りに行きました。

腕《うで》のあるなしに関係《かんけい》なく、まぐれ当たりはよくある話です。

きつねと木こり

狩人《かりゆうど》から逃《に》げてきたきつねが木こりに出会い、かくまってくださいと頼《たの》んだら、だったら木こり小屋に隠《かく》れてなと言われました。

じきに狩人《かりゆうど》たちがやってきて、きつねを見なかったかとたずねます。木こりは、さあ、と答えながらもきつねの隠《かく》れ場所《ばしょ》を身ぶりで教えました。ですが狩人《かりゆうど》たちには通じず、言われたことだけをうのみにしました。

きつねは狩人《かりゆうど》たちがいなくなるのを見すまして出てくると、お礼もいわずに行こうとしました。助けてもらってありがとうの一言もないのかよと木こりになじられ、

「あんたのセリフと身ぶりが違《ちが》わなければ、おれだってお礼ぐらい言ったんだがねえ」

口ばっかりで卑怯《ひきょう》な人にふさわしいお話です。

川を打つ漁師《りょうし》

漁師《りょうし》が川漁《かわりょう》をしていました。やり方は、あらかじめ川をまたいで両方の川岸に届《とど》く網《あみ》をしかけておき、次にロープつきの手ごろな石を振《ふ》り回《まわ》して川面《かわも》にバシャバシャ打ちつけ、いきなりの騒《さわ》ぎに逃《に》げまどう魚を網《あみ》にかけるというものです。

ですが、それを見た川の近くの人から文句《もんく》が出ました。そうやって川をすっかり濁《にご》らせちまったら、きれいな飲み水に困《こま》るじゃないか。

漁師《りょうし》の言い分はこうです。「けどなあ。こうやって水をバシャバシャやらんと、今度はこちとらが食うに困《こま》ってすっかり干上《ひあ》がっちまうんだ」

むやみやたらと煽《あお》る政治家《せいじか》は、この漁《りょう》のように国政《こくせい》をバシャバシャやって内紛《ないふん》に持ちこむことで、自分がいちばんおいしい思いをするのです。

炭屋と洗《せん》濯《たく》屋

炭屋さんの近くに洗濯《せんたく》屋さんが開店しました。炭屋さんはさっそく、うちの店に同居《どうきょ》しませんかと誘《さそ》いに行きました。そうして言葉をつくして、そのほうがなにかと好都合《こうつごう》です、同じ建物《たてもの》の中で家族同然《どうぜん》に助け合いましょうよ、いろんな費用《ひよう》も節《せつ》約《やく》できるし、などと口説《くど》きにかかります。

洗濯《せんたく》屋さんはその話をさえぎり、

「むだですね、やめときましょうや。うちでせっかく白くしたものが、おたくの炭の粉《こな》でまっ黒になっちまう」

いっしょに仕事するのなら、どこかひとつぐらい共通点《きょうつうてん》がないとぎくしゃくします。

できもしない約束《やくそく》をする男

貧乏《びんぼう》な男が重い病気にかかり、どんどん悪くなって医者もさじを投げたので、もうこうなったら神頼《かみだの》みにすがることにして、全快《ぜんかい》したら牛百頭のほかにいろいろがんばって神殿《しんでん》に奉納《ほうのう》いたしますと願《がん》かけしました。

すると病床《びょうしょう》につきそった女房《にょうぼう》が、「ええっ、そんなごたいそうなお供《そな》えなんて、うちじゃ逆《さか》さに振《ふ》ったって出ないわよ。どうするの？」

病人は言いました。

「おまえなあ。このおれがみすみす全快《ぜんかい》して神さんにふんだくられるとでも？」

どだいむりだとわかっていればいるほど、軽々しく約束《やくそく》しがちです。

農夫《のうふ》とマムシ

マムシが農夫《のうふ》の子に這《は》い寄《よ》って嚙《か》み殺《ころ》しました。子どもをなくした父親は怒《いか》り悲しみ、すごい剣幕《けんまく》で斧《おの》をひっさげてマムシの巣《す》穴《あな》のまん前に居座《いすわ》り、出てきたら一撃《いちげき》でしとめてやるぞと待ちかまえていました。

やがて顔を出したマムシめがけて斧《おの》を振《ふ》りおろしたつもりが、すぐそばの岩をまっぷたつにしてしまいました。そこでいくらか頭が冷《ひ》えて、ひとまずマムシに仲直《なかなお》りを申し入れたらこんな返事をもらいました。

「割《わ》れた岩の切り口を見れば、仲直《なかなお》りする気も失《う》せるよ。そっちもそうなんじゃないの、子どもの墓《はか》を見れば」

深刻《しんこく》ないがみ合いがこじれにこじれてしまうと、関係修復《かんけいしゅうふく》は厳《きび》しいです。

女とめんどり

夫《おっと》に先立たれた女が、卵《たまご》を一日に一回産《う》んでくれるめんどりを飼《か》っていました。エサをもっと増《ふ》やせば二回になるかしらと思いついてやってみたら、めんどりはまるまると太るばかりで、卵《たまご》をまったく産《う》まなくなりました。

今のままで満足《まんぞく》していればいいものを、いらん欲《よく》をかいて元も子もなくしてしまう人は多いですね。

ごねる女

なんにでも見境《みさかい》なくごねる面倒《めんどう》くさい女がいました。その夫《おっと》は、妻《つま》が実家でもそうなのかを知りたくて、適当《てきとう》に口実をつけて里帰りさせてやりました。

数日すると実家から戻《もど》ってきた妻《つま》に、あっちの家の者たちはどうだったときくと、「牛飼《うしか》いと羊飼《ひつじか》いにすごい目でにらまれた」と言うではありませんか。

夫《おっと》はさとしました。「あのな、家畜《かちく》を追って朝早くから夜遅《よるおそ》くまで外に出ている者たちにそこまで嫌《きら》われるんなら、おまえと朝から晩《ばん》までいっしょにいたらどうなるかは、まあお察《さつ》しだな」

こんなふうにささいなきっかけでボロを出し、表に出ない本性《ほんしょう》がばれてしまうのはよくあることです。

まじない女

神の怒《いか》りをなだめるまじないを商売にする女がおり、よく効《き》くと評判《ひょうばん》で、けっこうもうかっていました。ところが、神殿《しんでん》にたてつくけしからん女だと訴《うった》えられて裁《さい》判《ばん》にかけられ、死刑判決《しけいはんけつ》がくだってしまいました。そうして裁判所《さいばんしょ》から引っ立てられるのを見た人が、「神霊《しんれい》をなだめる仕事で食ってたのに、人間はなだめられないんだ」

できもしないことを大げさに請《う》け合《あ》うくせに、いざ化けの皮がはがれれば人並《ひとな》み以下《いか》のハリボテ詐欺《さぎ》女って、ちょうどこんなふうですよね。

子どもとカラス

あるところに母親がいて、ろくに口もきけない赤《あか》ん坊《ぼう》の将来《しょうらい》を占《うらな》ってもらったら、この子はカラスに殺《ころ》されるだろうと占《うらな》い師《し》たちに言われてしまいました。震《ふる》え上《あ》がった母親は、カラスにやられない用心に大きな箱を作らせて子どもを閉《と》じこめ、いつも決まった時間に箱を開けてやって食事をさせていました。そうしてある日、箱のふたを開《あ》け閉《し》めしようとしたすきに子どもが外を見たがってひょいっと顔を出し、カラス鉤《かぎ》というとがった金具が頭に刺《さ》さって死んでしまいました。

どうあがいても避《さ》けられない運命もあります。

ディオゲネスとはげ

はげ男にののしられた哲人《てつじん》ディオゲネスはこう言い返しました。

「こちらからの悪口は一切《いっさい》なしだ。かわりにきみの髪《かみ》の毛《け》をたたえよう。そんなお粗末《そまつ》な頭に見切りをつけたのだから」

アラビア人とラクダ

とあるアラビア人が、上り坂と下り坂のどっちがいいと荷かつぎラクダにたずねました。するとと気のきくラクダは、「平らな道は通行止めですか」

心をトイレに落とした男

　イソップはまだ奴隷《どれい》だったころ、主人クサントスにこんなことをきかれました。

「人間ってのはトイレを使ったあとで、自分が出したものをどうしてしみじみ眺《なが》めるのかねえ。説明《せつめい》できるかい？」

　イソップの答えはこうです。「はるか昔に生活態度《たいど》もおなかもゆるくて、大をすませるのに何時間も立てこもる王子がおりました。でね、あんまり長くふんばりすぎて、とうとう自分の心までうっかり出しちゃったんです。それからというもの、人間は大でトイレにこもるたびに心を出してしまわないかと心配で、しゃがんだままで下を見るんですよ。ですが、ご主人さまは絶対《ぜったい》に大丈夫《だいじょうぶ》です。そんな心配はご無用《むよう》になさいませ、そもそも心がないんですから」

デルポイ人のご先祖《せんぞ》は

「われわれの先祖《せんぞ》はどんなかたがただろう」と、デルポイ人にきかれたイソップの答えはこうです。

「奴隷《どれい》だよ、知らんのなら教えてやろう。昔のギリシアじゃ、町を攻《せ》め落《お》とした戦利品《せんりひん》の十分の一はアポローンに捧《ささ》げるならわしだった。牛が百頭いたら十頭、ヤギでも、ほかの家畜《かちく》でも、金銀でも男でも女でも同じだ。あんたらはその子孫《しそん》だから捕虜《ほりょ》の出で、まあ早い話がギリシア全土から送られた奴隷《どれい》の子孫《しそん》だな」

ふたつの道

はるか昔、プロメーテウスはゼウスに命じられて人間にふたつの道を教えました。自由人の道と奴隷《どれい》の道です。プロメーテウスがこしらえた自由人の道は、初《はじ》めのうちは穴《あな》ぼこにはまりやすくて水場すらない崖道《がけみち》で、そこら中にとげがありますが、道の果《は》てにひらけた景色《けしき》のいい遊歩道には森のくだものや湧《わ》き水《みず》がふんだんにあり、苦労《くろう》したぶんのおつりがくるほど癒《いや》されます。ところが奴隷《どれい》の道は初《はじ》めこそ広くて歩きやすく、お花畑などで目も口も楽しませてもらえますが、道のどんづまりはおいそれと抜《ぬ》けられない崖道《がけみち》です。

世の中をなめたやつとイソップ

いつまでも調子に乗っていると、いずれは取り返しのつかないへまをやらかします。

世の中をなめたやつが、イソップめがけてまともに石を投げました。「こりゃどうも！」と、イソップは声をかけて小遣《こづか》いをやり、さらに、「実を言うと、おれの手持ちはそれっきりだが、かわりに小遣《こづか》いをくれそうな当てを教えてやるよ。そら、金持ちのえらいさんのお出ましだ。あの人に今みたいにして石をあげてみな、それ相応《そうおう》にちゃんと報《むく》いてくれるよ」

などとうまく説《と》き伏《ふ》せて、言う通りにやらせせました。ですが世の中はそんなに甘《あま》くなく、やつは捕《つか》まって十字架《じゅうじか》にかけられ、これまでの報《むく》いを受けることになりましたとさ。

田舎者《いなかもの》と川

ある田舎者《いなかもの》が川を渡《わた》ろうとして、上流から下流までの水音を頼《たよ》りに、よさそうな足場を探《さが》しました。そして実際《じっさい》に渡《わた》ってみて気づいたことがあります。よどみなく静《しず》かに流れる場所はいちばん深い淵《ふち》で、あべこべに浅瀬《あさせ》になればなるほど水音はうるさくなります。ちょうど、用心深く気配を消した敵《てき》のほうが、がやがや騒《さわ》ぐ敵《てき》よりもよほど危険《きけん》なように。

ギリシアの人間たち

神さまにささげる筋肉美《きんにくび》

アイルー：さっきも言ったように、オリュンピア山のふもとにはゼウス神殿《しんでん》があって、四年に一度のオリュンピア大祭が開かれてた。技《わざ》を競《きそ》い合う姿《すがた》を、神さまに楽しんでもらうんだよ。

ガレー：早い話が神事ね、日本のお相撲《すもう》と同じだ。参加資格《さんかしかく》は犯罪歴《はんざいれき》のないギリシア人男性《だんせい》だけで、異民族《いみんぞく》はお断《ことわ》り。大祭期間中はギリシア全土で戦争《せんそう》を禁《きん》じられたんだって。

アイルー：たとえ戦争《せんそう》中でも、体育祭が終わるまでは休戦《きゅうせん》しないとダメだったんだよ。

ガレー：大昔は詩作競技《きょうぎ》もあったらしいけど、イソップさんの頃《ころ》

には体育競技《きょうぎ》だけになってた。「ほら吹《ふ》きの旅人」の五種《しゅ》競技《きょうぎ》は、イソップさんが生まれる百年ほど前にできたんだよ。選手《せんしゅ》は走《はし》り幅跳《はばと》び、円盤投《えんばんな》げ、短距離走《たんきょりそう》、やり投げ、レスリングの五種目《しゅもく》をこなすの。

アイルー：走って跳《と》んで、けっこう大変《たいへん》じゃないか。練習時間もかかるのに。いくらがんばってもパッとしないんじゃ、それは心が折《お》れるよね。

ガレー：まあね……多少のほらはしかたないか。ところでオリュンピア大祭は一度とだえ、千年以上《いじょう》たってから、フランスのクーベルタンという人が国際《こくさい》平和を願《ねが》うオリンピック大会として復活《ふっかつ》させたの。それが今でもずっと続《つづ》いてるよ。

アイルー：みんなもテレビで観《み》たことあるでしょ。そっちを近代オリンピック、オリュンピア大祭を古代オリンピックと呼《よ》んだりもするね。

ガレー：そうそう。近代オリンピックは女性《じょせい》も参加《さんか》できるし、予《よ》選《せん》に勝《か》ち抜《ぬ》いた人を世界中から受け入れてる。どうせならそのほうが楽しいよ。仲間《なかま》はずれはよくないもん。

筋肉《きんにく》と戦争《せんそう》

アイルー：オリュンピア大祭以外《いがい》にも、ギリシアの男はみんな、小さい頃《ころ》からふつうに体を鍛《きた》えてた。ちゃんと鍛《きた》えたほうがカッコよくなれるってのもあるけどさ、やっぱり戦争《せんそう》のためだよ。兵役《へいえき》があるからね。

ガレー：ギリシアには、アンフォラという壺《つぼ》があってね。高級品には、当時の暮《く》らしぶりを描《えが》いた絵がついてた。戦争《せんそう》の絵もあったんだけど、当時の歩兵《ほへい》はすごい軽装《けいそう》なの。かぶとだけかぶって、あとはまっぱだかに近い人もいたみたいよ。

アイルー：いろいろ防具《ぼうぐ》をつけたほうが安全だけど、重すぎたら体力がもたない。長く走ればふらふらになっちゃうよ。防具《ぼうぐ》や

馬はめいめい自腹《じばら》だしさ。ただし、重たいよろいで完全武装《かんぜんぶそう》した兵《へい》もいてね、重装歩兵《じゅうそうほへい》と呼《よ》ばれてた。

ガレー：重装歩兵《じゅうそうほへい》は密集《みっしゅう》して戦《たたか》うから、ふつうの歩兵《ほへい》と違《ちが》ってあまり動かなくてすむ。それでもあんな重たい装備《そうび》で戦《たたか》うんだから、かなりムキムキでないと。ひょろっとした人にはつとまらなかったと思うよ。

アイルー：そう考えると、「馬と兵士《へいし》」の馬は、自分が筋肉《きんにく》をつけたら？　と皮肉ってたんだね。ごもっとも（笑）

ディオゲネスとデマデース

ガレー：そういえば、イソップさんよりだいぶあとの時代の人も出てきたよ。

アイルー：ああ、ディオゲネスとデマデースね。そっちは『はじまりのイソップ物語』で言ったように、あとの時代に作られ

た〝イソップ風〟のお話なんだ。ふたりとも、ほぼ同時期にアテーナイにいて、ふたりともマケドニアのアレクサンドロス大王に会ったことがある。ディオゲネスは皮肉屋の哲学者《てつがくしゃ》で、せっかくお金持ちの家に生まれたのに、故郷《こきょう》を追われてね。アテーナイに流れてきて、お金がないから樽《たる》の中で寝起《ねお》きしてたら、無欲《むよく》な生きかたを大王に感心されたんだって。それからも憎《にく》めない変人《へんじん》としてアテーナイの人たちに愛《あい》され、晩年《ばんねん》はむりやり奴隷《どれい》にされちゃったりもしたけど、まあまあ穏《おだ》やかに過《す》ごせたらしい。

ガレー：へえ。奴隷《どれい》を使う身分から奴隷《どれい》落ちしたとはいえ、それなりに筋《すじ》の通った人生だね。

アイルー：もうひとりのデマデースもすごい皮肉屋で、こっちはしがない庶民《しょみん》から出世して、政治家《せいじか》になった人。祖国《そこく》のアテーナイよりもマケドニアを最優先《さいゆうせん》したせいで、ずいぶん憎《にく》まれたみたい。なのに、さんざん尽《つ》くしたマケドニアの内輪《うちわ》もめに巻《ま》

きこまれて、殺《ころ》されちゃった。

ガレー：なんというか……ふたり並《なら》べると、まるでイソップさんのお話だね。つくづく、人間の幸せってめんどくさいよ。わたしはネコに生まれてよかった。

アイルー：人生でいちばん大切なものって、なんだろうね。考えさせられちゃうな。

Ⅲ　生きものたち

おおかみと羊

満腹《まんぷく》のおおかみが倒《たお》れた羊を見つけましたが、自分を恐《おそ》れて倒《たお》れたとわかると、そばへ寄《よ》っていってなだめ、本音を三つ言えば逃《に》がしてやろうと持ちかけました。

それで羊が思い切って言うには、第一におおかみになんか会いたくもない、第二にどうしても避《さ》けられない運命なら、目の不自由《ふじゆう》なおおかみがよかった。第三に、「おまえらなんか、一匹残《ぴきのこ》らず悪党《あくとう》らしくみじめに死んじまえ。おれたち羊はおまえらになんにも悪いことをしていないのに、さんざんひどい目にあわせやがって」

まさしくかけねなしの本音だなとおおかみは認《みと》め、見逃《みのが》してやりました。

正直者の言うことは、たとえ敵《てき》のただ中でも重みがあるのです。

犬のおもてなし

神さまに供《そな》えたおさがりを使った盛大《せいだい》なおふるまいが町でおこなわれました。その家の犬が仲間《なかま》の犬を見かけて食べにおいでよと誘《さそ》ったので、相手の犬はありがたくお言葉に甘《あま》えました。ところが、やってきたとたんに料理人《りょうりにん》に足をつかまれ、塀《へい》の外へ放りだされたのです。あとで、どうだったとほかの犬にたずねられて、

「いやあ、ぶっ飛《と》んだね。帰りの道すら覚《おぼ》えてないよ」

ロバときつねとライオン

ロバときつねが狩《か》りに出かけました。途中《とちゅう》でライオンに会い、命の危険《きけん》を感じたきつねはライオンにへいこらして、絶対《ぜったい》に助けてくれるなら、ロバを身がわりにあげますと約束《やくそく》しました。そうしてライオンの言質《げんち》をとっておいて、ロバをわなへ誘《ゆう》導《どう》したのです。ライオンはわなにかかったロバを見るや、お先にきつねを捕《と》らえてからロバを襲《おそ》いました。

仲間《なかま》を裏切《うらぎ》るやつは、そうと知らずにわが身まで滅《ほろ》ぼすことがよくあります。

ネズミの恩返《おんがえ》し

寝《ね》ているライオンの上をネズミが走りました。ライオンは起きてネズミを捕《つか》まえ、ぱくりとひと口で片《かた》づけようとした矢先に、助けてくれたら必《かなら》ず恩返《おんがえ》ししますとネズミに命乞《いのちご》いされて、笑《わら》いながら見逃《みのが》してやりました。

まもなく、ライオンはネズミのおかげで命拾いしました。狩人《かりゅうど》に捕《つか》まって立ち木にくくりつけられていたら、ライオンのうなり声に気づいたネズミが縄《なわ》をかじって助けてくれたのです。

「あの時はネズミの恩返《おんがえ》しなんてと笑《わら》い飛《と》ばされてしまいましたが、もうおわかりでしょ。ネズミだって恩返《おんがえ》しはできますよ」

自分がどんなに強くても、弱い者の助けがなくてはならない時もあるのです。

家《か》畜《ちく》小屋のシカ

猟犬《りょうけん》どもにさんざん追われて恐怖《きょうふ》に目がくらんだシカが農家に逃《に》げこみ、牡牛《おうし》たちの家《か》畜《ちく》小屋に隠《かく》れました。わざわざ注意してくれた牡牛《おうし》もいましたよ。「いやはやなんとも間の悪い！　自分からこんな敵地《てきち》にひそむなんて、まるで飛《と》んで火に入る夏の虫じゃないかね」

シカの返事は、「どうか、このままここにいさせてください。すきを見て、そのうちに逃《に》げますから」

夕方近くに牛飼《うしか》いがエサやりにきましたが、シカには気がつきませんし、何人かの小作人を従《したが》えた農場の管理人《かんりにん》も、家《か》畜《ちく》小屋の中を通ったのに気づきませんでした。シカはよかったよかったと胸《むね》をなでおろし、危《あぶ》ないところを助けてくれた牡牛《おうし》たちの厚意《こうい》に、さっそく丁寧《ていねい》なお礼を言おうとしました。中の一頭がまた答えて、「ほんとにうまくいけばいいが。でも危《あぶ》ないのはこれからさ。もうひとり、家《か》畜《ちく》小屋にまだ来てないやつがいて、そいつときたら目が百もついてるのかというほど目ざとい。やつをやりすごせるまで、まだまだ気は抜《ぬ》けないよ」

まさにそこへこの農家の主人が入ってきて、これっぽっちじゃ牡牛《おうし》どものエサが足りんとぶつくさ言い、まぐさ棚《だな》にのぼってどなりました。「なんでこんなにかいばをケチった？　寝床《ねどこ》の敷《し》きわらも半分以下《いか》じゃないか。あののらくら野郎《やろう》どもめ、クモの巣《す》も払《はら》わずに」

そうやって、なめるように片《かた》っぱしから調べていくうちに、敷《し》きわらからのぞくシカの角先に気づいてしまいました。そこで小作人たちを呼《よ》びたて、捕《つか》まえて殺《ころ》せと命じたのです。

犬とおんどりときつね

犬とおんどりが仲《なか》よく旅をしていました。夜になったので大きな木に宿を借《か》り、おんどりは高みの枝《えだ》で、犬は木の根元の穴《あな》で寝《ね》ることにしました。

しらじらと夜が明けてくると、おんどりはいつものように景気《けいき》よく鳴きました。その声を聞きつけたきつねが食ってやろうと近づいて、木の下から呼《よ》びかけます。

「きみは大した益鳥《えきちょう》だね。こっちへおいで、いっしょにセレナーデでも歌おうよ」

おんどりが答えて、「兄さん、そこの根元にいる用心棒《ようじんぼう》にひと声かけてね。入らせてくれるから」

で、きつねが声をかけたら犬にいきなり飛《と》びつかれ、八《や》つ裂《ざ》きにされてしまいました。

賢《かしこ》い人は、こんなふうに災難《さいなん》にあってもやすやすと切りぬけるのです。

ぽんぽこりんのきつね

腹《はら》ペコぎつねが木のうろにしまってあった羊飼《ひつじか》いのパンと肉を見つけ、入りこんで平らげました。今度はぽんぽこりんにふくれた腹《はら》のせいで、うろから出られなくなって泣《な》いていると、通りすがりの別《べつ》のきつねが泣《な》き声《ごえ》を聞きつけて、どうしたのと寄《よ》ってきました。

ひととおりの事情《じじょう》を聞いて言うには、

「入った時ぐらい、おなかがほっそりするまでは、そこにいてね。楽に出られるさ」

時がおのずと解決《かいけつ》する問題もあるのです。

牛と車軸《しやじく》

牛たちが荷車を引いていました。荷車の車軸《しやじく》がギシギシいう音に振《ふ》り向《む》いて、

「おいおい、重荷をそっくり運ぶのはおれたちなのに、悲鳴をあげるのはおまえか」

ほかへ仕事を丸投げしておきながら、自分だけが大変《たいへん》ぶる人っていますよね。

オリーブとイチジク

冬になると葉を落とすイチジクは、すっぱだかじゃないか、みっともないと隣《となり》のオリーブになじられました。オリーブが言うには、「わたしは常緑《じょうりょく》で、冬も夏もちゃんと葉をつけている。きみなんかがきれいに見えるとしたら夏の間だけだよ」

こんなふうに自慢《じまん》していると、いきなりオリーブに雷《かみなり》が落ちて焼《や》きつくしました。イチジクにはかすりもしません。

金持ちぶったり、自分の幸運を自慢《じまん》したりする人は最後《さいご》にこうなります。

シカの親子

子ジカが母ジカに言いました。「ねえ、お母さんは犬より大きいし、走れば犬より速いし、角で身を守れるのにどうして怖《こわ》がるの？」
母ジカはにっこりして、「坊《ぼう》や、一から十までその通りなのはわかってる。さっきあんたがあげてくれたような強みもあるにはあるんだけど、あいつらがたとえ一匹《ぴき》でも吠《ほ》えつく声を聞いただけで、わたしは気絶《きぜつ》しそうになって全力で逃《に》げ出《だ》してしまうの」

生まれつきのおくびょうは治《なお》しようがありません。

水辺《みずべ》のシカ

のどがかわいたシカが泉《いずみ》の水を飲み終えて、水面に映《うつ》る自分を見ていました。みごとな枝角《えだづの》はかっこいいけど、ひょろひょろの細い脚《あし》はどうもいただけません。そうやってじっくり見入っていると、ライオンに見つかって追いかけられました。シカは全力で逃《に》げて、ぐんぐん引《ひ》き離《はな》します。

そうやって木のない平原を走るうちはまだよかったのですが、木々が茂《しげ》るあたりで角をからめとられて動きがとれなくなり、とうとう追いつかれてしまいました。もはやこれまでという時に、つぶやいたのはこうです。

「ああ、こんなのってないよ。弱点扱《あつか》いしたものに助けられ、なにより自慢《じまん》にし

ていたものに祟《たた》られて死ぬなんて」

大変《たいへん》な時期にはありがちですが、それまでどこか疑《うたが》っていた友に助けられたり、あべこべに信《しん》じきっていた友に裏切《うらぎ》られたりするものです。

マムシとやすり

マムシが銅職人《どうしょくにん》の仕事場に入りこみ、おねだりをして回りました。いろんな道具が応《おう》じてくれたので、やすりにもおねだりに行って、こう言われてしまいました。
「おれからなにかせしめようなんて、たいがいな甘《あま》ちゃんだな。おれは、やるんじゃなくて削《けず》ってでも取るのが役目なんだ」

けちんぼからもうけてやろうなんてやつは、見通しが甘《あま》いというお話でした。

ネズミにびくつくライオン

寝《ね》ているライオンの上をネズミが走《はし》り抜《ぬ》けました。するとライオンはむっくり起きて、今のやつはどこだどこだと、やみくもに駆《か》け回《まわ》りました。ライオンのくせにネズミにうろたえて、などときつねに言われて、

「いや、ネズミだからじゃなくて。寝《ね》ているライオンの上を堂々《どうどう》と走る恐《おそ》れ知《し》らずがいたことに驚《おどろ》いたんだよ」

賢《かしこ》い人はささいな点をなおざりにしないのです。

けがをしたおおかみと羊

犬どもにひどくやられたおおかみが、飲まず食わずで寝《ね》こんでいました。折《おり》よく通りかかった羊に、そばの川から水をくんできてくれと頼《たの》み、「水さえ飲ませてくれれば、食べものは自分でやるから」

すると羊は、「水を飲ませたら、お次はぼくを食べる魂胆《こんたん》か」

いい子ぶって人を陥《おとしい》れる悪人にはぴったりのお話ですね。

マグロとイルカ

イルカに追われたマグロがそうぞうしい水音をたてて逃《に》げ回《まわ》っていましたが、危《き》機一髪《いっぱつ》でよけたはずみに浜《はま》へ飛《と》び出《だ》してしまいました。ただし、イルカも負《ま》けず劣《おと》らずの勢《いきお》いで迫《せま》っていたため、やっぱり浜《はま》へ落ちてしまいました。マグロは息もたえだえのイルカを見て、「もう死んでも悔《く》いはない。おれを死なせたやつを確実《かくじつ》に道連《みちづ》れにしてやったぞ」

自分をひどい目にあわせた元凶《げんきょう》を道連《みちづ》れにしてやったとわかれば、少しは恨《うら》みが晴れるものです。

ライオンと牛

ライオンがたくましい牛をだまして食ってやろうともくろみ、神さまに羊をお供《そな》えしたおさがりのごちそうという口実で牛をご招待《しょうたい》しました。席《せき》についたところを襲《おそ》うつもりです。

牛はいちおう来ましたが、鍋《なべ》や大ぶりな焼《や》き串《ぐし》はたくさん出ているのに、羊はどこにも見あたらないので、黙《だま》って帰ろうとしました。それで、なにかされたわけでもないのに黙《だま》って帰るってひどいじゃないかとライオンが文句《もんく》を言うと、

「理由ならある。ごちそうの料理《りょうり》道具をよく見てみろ、羊じゃなくて牛料理用《りょうりよう》じゃないか」

賢《かしこ》い人にかかれば、悪だくみはあっさり見抜《みぬ》かれてしまいます。

逃《に》げた小ガラス

ある男が小ガラスを捕《つか》まえ、脚《あし》をひもにつないで子どもにやりました。小ガラスは人間との暮《く》らしに耐《た》えかね、一瞬《いっしゅん》のすきをついて巣《す》へ逃《に》げ帰《かえ》ろうとしました。ですが、ひもが小枝《こえだ》にひっかかって宙《ちゅう》ぶらりんになり、いよいよ助からなくなると、「やんなっちゃうな、もう。人間の奴隷《どれい》暮らしを嫌《きら》ったのがもとで、みすみす命までとられるなんて」

この話は、小難《しょうなん》を避《さ》けて大難《だいなん》にぶつかるような人にお勧《すす》めです。

カラスと白鳥

鳥になぞらえて、生まれつきの個性《こせい》を軽《かろ》んじるべきではないと説《と》いたお話です。

カラスが白鳥をうらやみ、水で洗《あら》うから白くなるのだろうと、いつものエサ場の祭壇《さいだん》を引《ひ》き払《はら》って池や川に引《ひ》っ越《こ》しを決めました。ですが白くもなれず、エサにも恵《めぐ》まれずに飢《う》え死《じ》にしそうになりました。

生き方を変《か》えても、生まれ持った個性《こせい》は変《か》わりません。

片目《かため》のシカ

片目《かため》のシカが海辺《うみべ》で草を食べていました。あいたほうの目は狩人《かりゅうど》を用心して陸《りく》に向け、つぶれたほうの目は、危険《きけん》など思いもよらない海側《うみがわ》に向けていました。ところが沿岸《えんがん》を舟《ふね》で行く人がシカを見つけ、さっそく弓矢でしとめたのです。シカは死ぬまぎわに、

「ひどいもんだ。油断《ゆだん》しちゃいけなかったのは海なのに、陸《りく》にばかり気をとられてたなんて」

思いこみはあてになりません。それまで敵視《てきし》していたものに助けられ、助け舟《ぶね》と思っていたら泥舟《どろぶね》だったなんてことはよくあります。

アブとラバ

荷車の車軸《しゃじく》にとまったアブが、荷車を引くラバに言いました。「のろいなあ！　もっと速く走れば？　なんならおれの針《はり》で首筋《くびすじ》をチクリとやろうか」

ラバは答えて、「脅《おど》されたって知るかよ。おれが気にするのは、あんたの上の座《ざ》席《せき》におさまって、ムチをふるって急がせたり、手綱《たづな》を引いて足止めしたりする人だけさ。だから、その偉《えら》そうな態度《たいど》もろとも消えうせろ。足どりの加減《かげん》なら、ちゃあんとわかってるよ」

影響力《えいきょうりょく》もないくせに、ねちねち絡《から》んでくる人は無視《むし》しましょう。

ロバとおんどりとライオン

ロバとおんどりが同じ小屋にいました。ロバを見つけた腹《はら》ペコのライオンが小屋に押《お》し入《い》ろうとしましたが、おんどりの大声にびっくりして必死《ひっし》に逃《に》げました。ライオンはにわとりの鳴き声が大の苦手だそうです。

ですからライオンを怖《こわ》がらせたのはおんどりだったのに、ロバは自分だと勘違《かんちが》いして調子に乗り、小屋を飛《と》び出《だ》して遠くまで追いかけていって、あべこべに食われてしまいました。

敵《てき》が下手《したて》に出ると、まんまと乗せられてしまう人はいるものです。

ナイチンゲールとタカ

梢《こずえ》の高みでいつものように歌っていたナイチンゲールが、空《す》きっ腹《ぱら》をかかえたタカに目をつけられて襲《おそ》われました。ナイチンゲールは殺《ころ》される前にこんなふうに命乞《いのちご》いしました。ぼくなんかじゃ腹《はら》の足しにもなりませんから、どうか助けてください、もっと大きな鳥をねらったほうがよくはないですか。

するとタカは、「おれがせっかく手にしたエサを捨《す》てて、姿《すがた》のない獲物《えもの》を追いかけるようなやつなら、まぬけにもほどがあるな」

せっかく手にしたものを捨《す》てて、むやみに高望《たかのぞ》みするのはおバカさんです。

ワシとフンコロガシ

ワシに追われたウサギが誰《だれ》にも助けてもらえずに逃《に》げる途中《とちゅう》で、たまたま行き会ったフンコロガシに助けてくれとすがりつきました。フンコロガシがウサギを力づけていると、ワシに追いつかれてしまい、今度はウサギになりかわって命乞《いのちご》いをしました。せっかくこのフンコロガシを名ざしで頼《たよ》ってきたんです。おれの顔に免《めん》じて、どうかこのウサギを助けてやっておくんなさい。それなのにワシはたかが虫けらとバカにして、目の前でウサギをぺろりと食べてしまいました。

フンコロガシはその恨《うら》みをずっと忘《わす》れずにワシの巣《す》に張《は》りこみ、卵《たまご》を産《う》むたびに駆《か》けつけて落としてやりました。ワシはどこへ行ってもフンコロガシから逃《のが》れられず、ゼウスのところへ逃《に》げこみました。ワシはゼウスのお使い鳥ですから、絶対《ぜったい》に卵《たまご》を守ってやれる場所をくださいというワシに、ゼウスはご自分のふところを貸《か》してやりになりました。すかさずフンコロガシはフンの玉をこしらえて飛《と》んでいき、その玉をゼウスのふところに落として、払《はら》い落《お》とそうと立ったひょうしにワシの卵《たまご》を落とすように仕向けます。こりごりしたワシは、その時からフンコロガシが飛《と》ぶ季《き》節《せつ》の産卵《さんらん》を避《さ》けるようになったそうです。

一寸《いっすん》の虫《むし》にも五分《ごぶ》の魂《たましい》と申します。どんな相手もないがしろにしてはいけません。

ラクダとゼウス

角自慢《じまん》の牛をうらやましがったラクダが角をほしがり、ゼウスに角をくださいとお願《ねが》いしに行きました。ところが恵《めぐ》まれた体格《たいかく》や力だけで満足《まんぞく》せずに余計《よけい》なものまでほしがる態度《たいど》をかえって怒《おこ》られ、耳の一部をちょん切られてしまいました。

隣《となり》の芝生《しばふ》に気をとられ、せっかく持っていたものをなくしてもなかなか気づかないのはよくあることです。

きつねとヤブイチゴ

きつねが生《い》け垣《がき》を越《こ》える途中《とちゅう》ですべり落ちそうになり、とげとげのヤブイチゴのつるをつかんで、肉球を血みどろにしてしまいました。気を許《ゆる》して頼《たよ》ったのに、この仕打ちはひどいじゃないかとなじられ、ヤブイチゴはこう答えました。

「見当はずれもいいとこだよ。手当たりしだいに刺《さ》すのがおれなのに、そんなやつに頼《たよ》ろうとするなんて」

もとから凶悪《きょうあく》な人を、勝手に味方扱《あつか》いして頼《たよ》るのはおバカさんのやることです。

ハシボソガラスと犬

ハシボソガラスがアテーナー女神《めがみ》に供《そな》えたおさがりをごちそうしますと犬を招《まね》きました。犬はハシボソガラスに尋《たず》ねます。「なんでまた、わざわざ金をかけてお供《そな》えなんか。きみはあの女神《めがみ》に嫌《きら》われて、予兆占《よちょううらな》いを当たらないようにされたじゃないか」

返事はこうです。「だからやるのさ、女神《めがみ》さまが怒《いか》りを解《と》いてくださるように」

自分が得《とく》するためなら、ためらわずに敵《てき》にすり寄《よ》る人は多いです。

コウモリとイバラと水鳥

コウモリとイバラと水鳥がいっしょに商売を始め、船で商用旅行に出ることになりました。コウモリはみんなの事業資金《しきん》に借《か》り入《い》れた銀貨《ぎんか》を、イバラは商品の服を、水鳥は小舟《こぶね》を積《つ》みこみました。すると激《はげ》しい嵐《あらし》で船がひっくり返り、みんな身ひとつで命からがら陸地《りくち》にたどりつきました。

それからというもの、水鳥は深い海にもぐって沈《しず》んだ小舟《こぶね》を探《さが》すようになり、金《かね》貸《か》しが怖《こわ》いコウモリは昼間に隠《かく》れて夜にエサをあさり、そしてイバラはもしや自分の服じゃないかと、そばを通る人の服をつかむようになったのです。

以前《いぜん》の失敗《しっぱい》には、ムキになってこだわりがちだというお話です。

神《しん》像《ぞう》を運ぶロバ

ある男がロバに神像《しんぞう》を積《つ》んで町まで引いていきました。行き会う人がみんな神像《しんぞう》を拝《おが》むので、ロバは自分が拝《おが》まれていると勘違《かんちが》いして調子に乗り、高らかにいないてその場から動かなくなりました。事情《じじょう》を察《さつ》したロバ追いが棒《ぼう》でロバをぶち、「このろくでなしめ、人間がロバなんか拝《おが》むわけないだろ」

わがもの顔で人の手柄《てがら》を横取りしようとしても、事情《じじょう》を知る人からは笑《わら》われるだけです。

ロバとおおかみ

牧草地《ぼくそうち》で草を食べていたロバがおおかみに目ざとく気づき、足をひきずるまねをしました。近づいてきたおおかみにどうしたのときかれ、柵《さく》を飛《と》び越《こ》えようとしてトゲを踏《ふ》んじゃったもんでと答え、ぼくを食べる前にトゲを抜《ぬ》いとかないと、お口に刺《さ》さっちゃうよと言いました。おおかみはそれもそうかとロバの足を持ち上げ、念入《ねんい》りにひづめを調べるすきにガツンと口を蹴《け》られ、歯を吹《ふ》っ飛《と》ばされてしまいました。

おおかみが言うには、「やられたなあ。おれはどうかしてたよ。親ゆずりの料理《りょうり》の腕《うで》があるのに、医者になろうなんて」

柄《がら》にもないことをすれば、しくじりは避《さ》けられません。

ヘビのしっぽと体

ある時、ヘビのしっぽが先頭に立ってみたいと思いました。残《のこ》りの体はくちぐちに、「目も鼻もないのに、どうやってほかの動物みたいにおれたちを先導《せんどう》するんだよ」と止めたのですが、しっぽはあきらめきれず、とうとう分別《ふんべつ》をかなぐり捨《す》ててみんなを押《お》し切《き》りました。

そうしていざ先導役《せんどうやく》におさまると、でたらめに体全体を引き回して岩場の穴《あな》に落ち、背骨《せぼね》を叩《たた》きつけてしまいました。とたんにしっぽは頭にすり寄《よ》り、「ご主人さま、お助けください。あなたさまに歯向かったのは、ほんの出来心なんです」

たちが悪くて主人に逆《さか》らう、けじめのない使用人への教訓《きょうくん》です。

セミ

セミたちは、芸術《げいじゅつ》を司《つかさど》るムーサ女神《めがみ》たちが大昔に生まれる前の人間だったといいます。ムーサたちとともに歌が生まれると、当時の人間たちには歌に夢中《むちゅう》になって飲み食いも忘《わす》れ、いつのまにか死んでしまう者も出たそうです。その者たちがセミ一族となり、ムーサたちのご加護《かご》のおかげで、食べなくても生きられるようになって、飲み食いせずに歌《うた》い抜《ぬ》いて死んでいくのです。

ブタと犬

ブタと犬がいがみ合っていました。ブタはアプロディテーに願《がん》をかけ、あくまで引きさがらんと言うならキバでズタズタにするぞとすごみます。犬も負けずに言い返しました。勘違《かんちが》いもいいかげんにしろ、アプロディテーさまには嫌《きら》われてるくせに。なにしろ、ブタ肉を食べたやつは神殿《しんでん》に入れないんだぞ。するとブタは話を食い気味に、「嫌《きら》われてないよ、わざとだよ。おれがお供《そな》えにされないように配慮《はいりょ》してくださってるんだ」

できる弁論家《べんろんか》にありがちですが、敵意《てきい》まんまんの攻撃《こうげき》もこうして賛辞《さんじ》に早変《はやが》わりです。

にわとりとヤマウズラ

にわとりを飼《か》う男が、市場で人馴《ひとな》れしたヤマウズラを見かけ、買って帰ってにわとりといっしょに飼《か》おうとしました。ところがヤマウズラはにわとりたちにつつかれて追い回され、しょせん違《ちが》う種族同士《しゅぞくどうし》はつきあえないのかと悲しんでいました。そんなある日、にわとり同士《どうし》のケンカに出くわし、血を見るまで離《はな》れようとしないのを見て、「もう、つつかれても悩《なや》むのはやめよう。仲間内《なかまうち》でも手加減《てかげん》しないんだもんね」

内でも外でも見さかいなく粗暴《そぼう》な人を、賢《かしこ》い人は相手にしません。

カワセミ

カワセミは人のいない場所を好《この》み、波を枕《まくら》に寝起《ねお》きします。人間に捕《つか》まらない用心に、海辺《うみべ》の崖《がけ》に巣《す》を作るそうです。

お産《さん》の近いカワセミが岬《みさき》から突《つ》き出《で》た岩を見つけ、子育て場所をそこに決めました。ところがエサ探《さが》しに出た留守《るす》に高波が巣《す》に届《とど》くほど荒《あ》れ、子どもたちごとさらわれてしまいました。戻《もど》ったカワセミがこれを知って嘆《なげ》くには、「ああ、なんてこと。陸《りく》は安心できないから逃《に》げてきたのに、ここのほうがもっと油断《ゆだん》できなかったのね」

敵《てき》を用心しすぎると、敵《てき》よりはるかにむごい味方にしてやられる場合もあります。

ツバメと鳥たち

ヤドリギが育ち始めると、危険《きけん》の芽《め》をいち早く察《さつ》したツバメは仲間《なかま》の鳥みんなを集めて言いました。悪いことは言わん、ヤドリギごと宿主の木を切《き》り倒《たお》すか、むりならせめて人間の情《じょう》に訴《うった》えて、ヤドリギからトリモチなんか作ってわれわれを捕《つか》まえたりしてくださるなとよくよく頼《たの》んできたら。

ですが、ほかの鳥は考えすぎと笑《わら》うばかりです。それでツバメひとりで人間に頼《たの》みに行きました。人間はツバメの目のつけどころに感心し、いっしょに暮《く》らしましょうと家に迎《むか》え入《い》れました。ですからほかの鳥は捕《つか》まって食用にされますが、ツバメだけは人間に守られ、家の中に巣《す》をかけて安心して暮《く》らせるようになったのです。

先見の明は、転ばぬ先の杖《つえ》です。

イタチとやすり

かじ屋の仕事場にイタチが入りこみ、備品《びひん》のやすりをなめました。そのせいで舌《した》をごっそり削《けず》り取《と》られて血まで流れているのに、血の味をやすりの鉄の味と勘違《かんちが》いして喜《よろこ》び、しまいには舌《した》をきれいになくしてしまいました。

好戦的《こうせんてき》な人は、こうしてすすんで自分自身を痛《いた》めつけるのです。

ネコとネズミ

ネズミがうじゃうじゃ巣《す》くう家がありました。ネコがかぎつけてやってきて、一匹《ぴき》ずつ着々と減《へ》らしていきました。ネズミは次々とやられてしまって穴《あな》から出なくなり、そうなるとネコも困《こま》るので、なんとかだましておびき出そうと知恵《ちえ》をしぼりました。梁《はり》の上に、だらーんとぶらさがって死んだふりをしたのです。

一匹《ぴき》のネズミが見て、「冗談《じょうだん》じゃない。たとえ、おまえの革《かわ》で作った袋《ふくろ》にだって近づくもんか」

賢《かしこ》い人は痛《いた》い目にあえば、いくら猫《ねこ》なで声でも二度とだまされません。

二匹《ひき》の犬

犬を二匹飼《ひきか》う人が一匹《ぴき》を猟犬《りようけん》にして狩《か》りをさせ、もう一匹《ぴき》を番犬にしました。猟犬《りようけん》が獲物《えもの》をとってくると、ご主人はもう一匹《ぴき》にも分け前を投げてやります。猟犬《りようけん》は腹《はら》を立て、おれは外回りでさんざん苦労《くろう》してんのに、おまえだけのうのうとピンハネで贅沢三昧《ぜいたくざんまい》かよと番犬を責《せ》めたてました。

番犬はそれに答えて、「不満《ふまん》なら、ぼくじゃなくてご主人に言ってくれよ。ぼくがのうのうとピンハネで暮《く》らすように仕向けたのはあの人なんだから」

両親に甘《あま》やかされて育った子を、本人のせいにするのは酷《こく》です。

カニときつね

浜《はま》へ上がったカニがひとりでエサを探《さが》していました。そこで腹《はら》ペコのきつねに見つかり、こっちもちょうどエサを探《さが》していたもので飛《と》びつきました。カニは食われる寸前《すんぜん》に、「われながら、とんだ筋違《すじちが》いをしたもんだ。海のやつが陸《りく》のやつのなわばりに出しゃばるなんて」

本業そっちのけで慣《な》れないことに手を出せば、まあそうなりますよね。

ライオンとイルカ

波打ちぎわをのんびり散歩《さんぽ》していたライオンが、波間からたまたま顔を出したイルカに、お互《たが》い手を組もうじゃないかと呼《よ》びかけました。きみは海の王者、ぼくは陸《りく》の王者だ。手を組むにはもってこいだろう。
ライオンはイルカにふたつ返事で承知《しょうち》してもらい、その後すぐに野牛と戦《たたか》うことになったので、さっそく助《すけ》っ人《と》を頼《たの》みました。ところが海から上がれずじまいのイルカを裏切《うらぎ》り者呼《ものよ》ばわりしたら、こう言われてしまいました。「文句《もんく》はお門違《かどちが》いだよ、言うなら〝自然《しぜん》〟に言ってくれ。海の生きものを陸《りく》に上がらせてくれないのはあの方なんだから」

友を選《えら》ぶなら、まさかの時にそばで助けてくれそうな人にしましょう。

ライオンとウサギ

ライオンが寝《ね》ているウサギを見つけて、ひと呑《の》みにする寸前《すんぜん》にシカを見かけ、ウサギそっちのけで追いかけました。

ウサギはただならぬ気配に飛《と》び起《お》きて逃《に》げました。ライオンのほうはあきらめ悪くシカを追いかけたのに空振《からぶ》りして、すごすご戻《もど》ってみれば、さっきのウサギはどこにもいません。「ほかでもない自分のせいだな、せっかくの旨《うま》みを捨《す》ててまで大当たりに賭《か》けたんだから」

手堅《てがた》い商売をうっちゃって山っ気ばかり起こしていると、いずれはアブハチ取らずになりますよ、と言われてしまう人も中にはいるのです。

ロバとセミ

ロバがセミの絶唱《ぜっしょう》にうっとりと聞きほれ、美声にあこがれて、なにを食べたらそうなるのとたずねました。「露《つゆ》だよ」とセミに教えられ、真に受けて露《つゆ》だけでがまんするうちに弱って死んでしまいました。

生兵法《なまびょうほう》は大ケガのもとと申しますね。

病気のシカ

軽《かろ》やかさがとりえの森のシカがろくに歩けなくなり、乳香樹《にゅうこうじゅ》がびっしり芽吹《めぶ》いた野原に行って寝《ね》ていました。そこなら好《す》きな時に好《す》きなだけ若芽《わかめ》を食べられます。このシカは付近《ふきん》の動物とも波風立てずに円満《えんまん》につきあってきたので、さまざまな動物たちがぞくぞくと連《つ》れだってやってきました。ですが、そろいもそろって病気見《み》舞《ま》いはどこへやら、乳香樹《にゅうこうじゅ》の芽《め》を勝手に食《く》いつくしては森へ引《ひ》き揚《あ》げていきます。おかげで病気のシカはまだハシボソガラスの倍の年にもならないうちに、養生《ようじょう》どころか骨《ほね》と皮にひからびて力つきました。友だちの食いものにされなければ、天寿《てんじゅ》をまっとうできたはずなのですがね。

病気のカラス

カラスが病気になりました。母ガラスが泣《な》くので、「母さん、泣《な》かないで。それより死の床《とこ》からお助けくださいって神さまに祈《いの》ってよ」

すると母ガラスは、「おまえを助けてくださる方がいるわけないでしょ。そもそもおまえが祭壇《さいだん》から物をくすねなかった神さまなんか、どこかにいらっしゃるのかい」

ヒバリと農夫《のうふ》

ヒバリがあおあおした麦畑に巣《す》をかまえ、夜明けにはほかのヒバリとともに歌い、もう冠毛《かんもう》や羽があらかた生えそろったヒナたちには麦の葉を食べさせていました。

麦が金色に熟《う》れてくると、見回りにきた畑の持ち主が、「仲《なか》よしのみんなを呼《よ》び集《あつ》めて、いっちょう刈《か》り入《い》れといくか」と言います。冠毛《かんもう》の生えた子ヒバリがそれを聞いて父鳥に知らせ、ねえ父さん、ぼくたちどこに引《ひ》っ越《こ》せばいいのとたずねました。でも父鳥は、「まだ大丈夫《だいじょうぶ》だ。人をあてにするうちはおいそれと動いたりしないよ」と涼《すず》しい顔です。

また持ち主が見回りにくると、麦の穂《ほ》はいっぱいに太陽を浴《あ》びて、もうこぼれんばかりに熟《う》れています。さっそく刈《か》り手《て》と麦束《むぎたば》を運ぶ人数を手配し、あくる日に来るように取り決めました。すると父鳥が子らに、「今度こそ逃《に》げるぞ。刈《か》り入《い》れの段取《だんど》りを人任《ひとまか》せにせず、自分でやりだしたからな」

犬とウサギ

狩《か》りの腕《うで》に自信《じしん》がある犬が、やぶに隠《かく》れていた毛深い脚《あし》のウサギを追いたてましたが、逃《に》げられてしまいました。羊飼《ひつじか》いに、「あんなに小さくてもおまえより速かったじゃないか」とからかわれ、「追うほうは、命がけで逃《に》げるやつほど必死《ひっし》に走れないよ」

おおかみの判決《はんけつ》

おおかみがロバにばったり行き会いました。ここで会ったが百年目で絶対食《ぜったいく》うつもりですが、気《き》の毒《どく》なロバを血祭りに上げついでに言葉でもいたぶってやることにして、「怖《こわ》がらなくていいよ。おれは、まっとうに生きる者につらく当たるようなワルじゃない。なんなら、これまでの罪《つみ》をお互《たが》いに懺悔《ざんげ》しあおうじゃないか。おれのほうがおまえより罪《つみ》が重ければ、今後一切《いっさい》手出ししないから安心して牧草地《ぼくそうち》へ逃《に》げな。ただし、おまえのほうがおれよりワルだと明らかになれば、この機会《きかい》にきっちり落とし前をつけてもらうかどうかは、自分で決めるんだぞ」

おおかみはそこで自分の罪《つみ》を並《なら》べたてました。多数の羊やヤギを八《や》つ裂《ざ》きにし、無数《むすう》の子羊や子ヤギをかっさらい、牛を絞《し》め殺《ころ》し、見張《みは》り番《ばん》に嚙《か》みついて殺人《さつじん》まで犯《おか》したそうです。ほかにもずいぶんありましたが、どれもこれも可愛《かわい》いおいたで悪事のうちに入らない、といわんばかりに話します。そのあとでロバをうながして懺《ざん》悔《げ》させました。

ところがロバは、いくら考えてもさっぱり思いあたらないし、禁《きん》を破《やぶ》ったこともなくて途方《とほう》に暮《く》れてしまい、あてずっぽうでそれらしき話をしました。なんでもご主人の野菜《やさい》を運んでいた時に、「ハエにくすぐられましてね。たまらずに振《ふ》り向《む》いて、鼻息で飛《と》ばそうとしたんです。そしたらたまたま垂《た》れていた菜《な》っぱが歯のすきまに一枚《まい》だけ入っちゃって、もぐもぐやりましたよ。でも、罪滅《つみほろ》ぼしならすぐすませました。あの菜《な》っぱを吐《は》けって、横合いからご主人に棒《ぼう》で背中《せなか》をビシバシやられましたから」

みなまで言わせず、子羊でも見つけたように飛《と》びついたおおかみは、かさにかかってどなりつけました。「けしからん、ひどい重罪《じゅうざい》だ。最低《さいてい》のワルだな、おまえ。こんなけがらわしいバチ当たりのクズ野郎《やろう》が、よくも今までのうのうと大地を踏《ふ》んでいられたもんだ。おまえってやつは、まっとうなご主人になんて血も涙《なみだ》もないことを。汗水《あせみず》たらして植えつけて水やりしてきれいに間引いて丹精《たんせい》こめた野菜《やさい》を、暮《く》らしを支《ささ》える命綱《いのちづな》の商売ものを、一瞬《いっしゅん》でおじゃんにしやがって。ビシバシやられたって言うがな、野菜《やさい》を食われて心をえぐられたほうの傷《きず》はそれだけ深いんだよ。だが、どうやら正義《せいぎ》の女神《めがみ》はご主人のビシバシだけじゃまだ生ぬるいと思われたんだな。論《ろん》より証拠《しょうこ》、奇遇《きぐう》にもおれさまにぶち当たるとは」と言うなり、気《き》の毒《どく》なロバに襲《おそ》いかかって食べてしまいました。

おおかみが偽善《ぎぜん》ぶってロバより先に話したのだって、おおかたズルして食べたと印象《いんしょう》づけないためでしょうね。もっともらしい口実で隣人《りんじん》のものをかすめとり、こじつけで不正《ふせい》を正義《せいぎ》にすりかえる極悪人《ごくあくにん》どもは、このおおかみのお仲間《なかま》です。

トンビとハト

なんとなく、くる日もくる日もハト小屋の周囲《しゅうい》をうろつくトンビがいました。腹《はら》ペコをなだめる切《き》り札《ふだ》は悪知恵《わるぢえ》しかありません。せいぜいお行儀《ぎょうぎ》よくハトたちに近づいて売りこみにかかりました。「風格《ふうかく》ある王さまがいれば群《む》れ全体の格上《かくあ》げになり、タカやなんかの外敵《がいてき》からもしっかり守ってもらえますよ」とかなんとか。

ハトたちはまんまと丸めこまれ、トンビをハト小屋の王さまに迎《むか》えることにしました。ですがまもなく、王の特権《とっけん》として仲間《なかま》を毎日一羽《わ》ずつ食べるつもりだとわかり、安易《あんい》に迎《むか》え入《い》れてしまった自分たちの甘《あま》さがつくづく悔《く》やまれたのでした。

第二部

お話の旅

お話のひろがりを見てみよう

アイルー：今回のお話も楽しんでもらえたかな。では、ここからはお話がいつ、どこで、どんなふうに変《か》わっていったかを追ってみますね。

ガレー：全部は追いきれないけどね。お話は自由気ままで、風に吹《ふ》かれたタンポポの綿毛《わたげ》みたいにあっちこっちへ飛《と》ぶから。

アイルー：しかも、いいお話ほどよく飛《と》ぶよね。この第二部では、はるばる日本まで飛《と》んだお話三つと、うんと回り道してロシアにたどりついたお話をひとつあげてみました。

ガレー：引用したお話は、元のお話とぜひ読《よ》み比《くら》べてみて。種《たね》は同じでも少しずつ違《ちが》うでしょ、その違《ちが》いが土地の違《ちが》いだよ。

アイルー：違《ちが》いを洗《あら》いだせば、種《たね》の飛《と》びかたもだいたい見えてくるね。ところで、お話にも生まれ故郷《こきょう》があるの？

ガレー：あくまで「だいたい」だけど。たとえば、古いお話の生まれ故郷《こきょう》は、はっきりここと言えないから。

アイルー：メソポタミアやインドを推《お》す人もいるね。確証《かくしょう》はないけど、

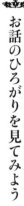

ギリシアからインドまでのどこかではあるみたい。だから、この本ではそんな地域《ちいき》を全部まとめて「お話のゆりかご」と呼《よ》んでいます。くわしくは8ページからの地図を見てね。

ガレー：引用したお話がわかりにくい昔の文章であれば、アイルーくんが今のことばに直してくれています。今のことばなら、直さずにそのままを載《の》せておくからね。

1. カメさんは飛《と》んだ

〔目的地《もくてきち》　日本・平安時代〕

カメとワシ

カメは空飛《と》ぶワシを見て自分も飛《と》びたくなり、お礼は何でもするから飛《と》び方《かた》を教えてほしいと、わざわざ出かけていって頼《たの》みこみました。ワシがいくら無理《むり》だと断《ことわ》ってもしつこいので、とうとうカメをつかんで空高く舞《ま》い上《あ》がり、岩の上に落としました。落ちたカメは砕《くだ》けて死んでしまいました。

人間にも、対抗心《たいこうしん》を出したばかりに失墜《しっつい》ということはありますね。

（イソップ）

アイルー：イソップさんはだいたい紀《き》元《げん》前《ぜん》七世紀《せいき》から六世紀《せいき》の人で、その数百年後のインドには『ジャータカ』という本が生まれてるよ。

ガレー：ジャータカは、仏教《ぶっきょう》のお釈迦《しゃか》さまがたくさんの前世で学んだ教えを短いお話にしていて、お話自体はイソップさんより古いという人もいるんだ。

西と東の違《ちが》い

アイルー：どちらが先でも、お話の根っこは同じだけどね。この「カメとワシ」は、ゆりかごの西と東でずいぶん違《ちが》うんだ。

ガレー：へえ、どんなふうに？

アイルー：じゃあ、西から先に見てみようか。十六世紀《せいき》にポルトガル人が日本に持ってきたイソップ物語では、こんなふうになってる。

空を飛《と》びたくなったカメが、みごとな宝石《ほうせき》をあげるからとワシをだまして飛《と》び方《かた》を習おうとしましたが、実は宝石《ほうせき》なんか持っていないのがバレてしまい、怒《おこ》ったワシに空から投げ落とされて殺《ころ》されてしまいました。

（天草本　伊曽保《いそほ》物語）

ガレー：ちょっとそれ、どっちもひどくない？

アイルー：西洋のワシはプライドが高いよ。なにしろゼウス神のお使いで、鳥の王さまで、キリスト教の時代になってからも、いろんな国の王さまに大人気でしょ。怒《おこ》らせたら大変《たいへん》だ。

ガレー：王さまの家紋《かもん》といえば、たいていワシかライオンだもんね。

アイルー：カメのほうはのろまで地味で、高貴《こうき》な感じはないよ。イソップさんのお話から、すでに相性《あいしょう》悪そう。

ガレー：たしかにね。カメが殺《ころ》されるところも同じだ。

アイルー：ところが、東ではそうじゃない。まず、ジャータカでは池の

カメが仲《なか》よしのガチョウ二羽《わ》の家に招《まね》かれてね。そこで自分は木の枝《えだ》に食いついて宙《ちゅう》ぶらりんになり、ガチョウたちに枝《えだ》の両側《りょうがわ》をくわえて飛《と》んでもらうことになった。

ガレー：ガチョウなんだ、ワシじゃなくて。

アイルー：うん。ところが飛《と》ぶ途中《とちゅう》でカメがうっかりしゃべって墜落《ついらく》しちゃうのさ。

ガレー：あららー。

アイルー：カメは気《き》の毒《どく》だけど、わざとじゃないよ。ガチョウにも悪気はない。

ガレー：そこはワシと違《ちが》うね。

アイルー：さらにジャータカからおよそ四百年後のインドに、『パンチャタントラ』という世界で最初《さいしょ》の童話集が生まれ、ガチョウ二羽《わ》とカメのお話も出てくる。ガチョウはやっぱりカメと仲《なか》よしで、ひでりで死にかけたカメを助けたくて運び役を引き受けるんだ。それなのに、下界に気を取られたカメがうっかり口を開けてしまい……結末《けつまつ》はジャータカと同じさ。

ガチョウもワシも

ガレー：なるほど、「悪気はないけど救《すく》われない」がインドのお約束《やくそく》なんだ。西か東かも見分けやすいな。ワシなら西、ガチョウなら東ね。

アイルー：そうだけど……ぼくが思うに、ガチョウとワシは同じじゃないかな。

ガレー：え、どういうこと？

アイルー：実は、どっちも最高神《さいこうしん》のお使いなんだよ。さっき言ったようにワシはゼウスのお使い、ガチョウもインドの最高神《さいこうしん》ブラフマーのお使いなの。ブラフマーは仏教《ぶっきょう》でも梵天《ぼんてん》と呼《よ》ばれて、やっぱりガチョウと縁《えん》が深いよ。

ガレー：ふうん。どっちもえらい神さまつながりの鳥なんだ。

アイルー：そういうこと。日本には仏教《ぶっきょう》がらみで入ってきて、十世紀《せいき》の『今昔《こんじゃく》物語集』という本に出てくるのが最初《さいしょ》だろうね。ジャータカの千年ぐらい後かな。

今は昔、インド中がひでりで茶色に枯《か》れ果《は》てました。ある池にカメが住んでいましたが、水が干上《ひあ》がって死にそうです。

そこで、たまたま池に飛《と》んできたツルの食事中にこう話しかけてみました。「きみとは前世からのつきあいで、〝ツルとカメは安定の一対《つい》〟と仏《ほとけ》さまにも言われた仲《なか》だ。お経《きょう》にもツルカメの名でなにかと引き合いに出されてるよね。ところでぼく、この池が干上《ひあ》がってもう死にそうだ。なんとか助けておくれよ」

ツルは答えて、「なるほど。それにこのままじゃ、きみはかわいそうに明日までもつまい。ぼくはといえば気ままに空を飛《と》べ、春は花々やしたたる新緑を、夏は田畑茂《しげ》る作物の青さを、秋はみごとに紅葉《こうよう》した山野を、冬は厳《きび》しい雪や霜《しも》に閉《と》ざされて氷の鏡《かがみ》となった谷川や大河《たいが》を楽しめる。そんな四季《しき》おりおりの眺《なが》めに、さらに極楽浄土《ごくらくじょうど》のおごそかな七宝《しっぽう》池まで見に行ける。ひきかえ、きみはこのちっぽけな池の中もろくに見られない。気《き》の毒《どく》でならないよ。だから、言われる前からどこかの水場に連《つ》れてってあげようとは思ってたんだ。ただし、飛《と》びながらきみをおんぶに抱《だ》っこってわけにはいかないし、くわえていく力もない。そうすると木の枝《えだ》に食いついてもらい、二羽《わ》がかりで枝《えだ》の両端《りょうはし》をくわえて飛《と》ぶしかないんだけど、カメくんは元がおしゃべりだろ。なにか話して、こっちも受け答えしようもんなら、たちまち落ちておだぶつになっちゃうよ。どうする?」

「いざとなれば、口を縫《ぬ》ってでも閉《と》じとくさ。誰《だれ》だって命は惜《お》しいからね」とカメは言うのですが、ツルはなおも渋《しぶ》ります。「だけど、日ごろのくせは自分でどうにかなるもんじゃないよ。本当に大丈夫《だいじょうぶ》かなあ」

それでも、「ツルさん、押《お》し問答《もんどう》してる場合じゃないよ。早く早く」とせっつかれ、とうとうカメに噛《か》ませた枝《えだ》の両端《りょうはし》を二羽《わ》でくわえ、空高く舞《ま》い上《あ》がりました。すると、池の暮《く》らしでは思いもよらない深山幽谷《しんざんゆうこく》が次から次へとあらわれるではありませんか。感動のままに「これは」と口走ると、ツルも「あ、それはね」などと口を開け、とたんにカメは落っこちて死んでしまいました。

ですから、日ごろからむだ口が多いと、まさかの時に命まで危《あや》うくなります。仏《ほとけ》さまの教え「ことばや心がけや行ないによく注意しなさい」は、たぶんそういうことでしょう。

（今昔《こんじゃく》物語集）

ガレー：おおっと、そうきたか。日本ではツルなのね。

アイルー：あとは「ツルカメ」とか、いかにも日本らしい小技《こわざ》が利《き》いてない？　これひとつで、鳥とカメの仲《なか》よし設定《せってい》がバシッと決まるよね。

2. ネズミたちの大冒険《だいぼうけん》

〔目的地《もくてきち》　日本・室町《むろまち》時代〕

田舎《いなか》のネズミと町のネズミ

田舎《いなか》の畑で暮《く》らすネズミと、食べもののいっぱい入った町のお倉《くら》に居《い》ついたネズミが暮《く》らしぶりを見せ合うことになり、まずは町のネズミが芽吹《めぶ》いたばかりの畑にお招《よ》ばれすることになりました。そして大麦の穂《ほ》や、じっとりと黒くさい穀物《こくもつ》のひげ根を食べながら、こんなことを言いだしたのです。

「きみもお気《き》の毒《どく》にね、アリどもと変《か》わらんような暮《く》らしぶりじゃないか。これはぜひとも、ぼくの暮《く》らしを見にきてくれたまえ！　うちのお倉《くら》じゃ、たっぷりの美食なんかいつものことさ。ぜ

ひと泊《と》まりがけでおいで。そしたら必《かなら》ず、美食の限《かぎ》りでおもてなしするよ」

そんなわけで、帰る時は田舎《いなか》のネズミを連《つ》れていき、さっそく豪勢《ごうせい》な珍《ちん》味《み》でもてなしました。小麦粉《こむぎこ》やオートミールやイチジクに蜂蜜《はちみつ》にナツメヤシと、田舎《いなか》のネズミが見たこともないようなごちそうばかりで、さて心ゆくまで食べようと、友とさしむかいで腰《こし》をおろします。ところがろくに食べるひまもなく、倉《くら》の戸がばたんと開いて、なにかが入ってきました。二匹《ひき》は転がるように逃《に》げ出《だ》し、ひどくせまくて居心地《いごこち》の悪い穴《あな》に隠《かく》れます。それでもじきに静《しず》かになったのを見計らって、穴《あな》からおっかなびっくり出てくれば、またすぐに別《べつ》の気配があり、さっきの穴《あな》にあたふた逆戻《ぎゃくもど》りです。田舎《いなか》のネズミはこりごりして、「もうたくさんだ、帰る。確《たし》かにきみの暮《く》らしは贅沢《ぜいたく》だけど、危険《きけん》だらけでおちおち食べてもいられないじゃないか。そこへいくと、ぼくんとこは粗食《そしょく》でも、のんびり落ちついて食べられるよ」

（イソップ）

アイルー：さっきの、カメがワシを宝石《ほうせき》で釣《つ》ろうとした話は、ポルトガル人宣教師《せんきょうし》が一五九三年に九州の天草で作った『伊曾保《いそほ》物語』という本にあるよ。「いそほ」はイソップさんのことね。

ガレー：ヨーロッパの船がアフリカからインド回りではるばる運んだラテン語の本を、日本語に訳《やく》したんだ。地球を半周《はんしゅう》する大冒険《だいぼうけん》だし、長旅の船にはネズミがつきものだから、世界をまたにかける田舎《いなか》のネズミや町のネズミが本当にいたかもね。

アイルー：日本の貿易窓口《ぼうえきまどぐち》も、このころに変《か》わったよ。今昔《こんじゃく》物語より前にジャータカが入ってきたのは九州の大宰府《だざいふ》か、もしかしたら日本海側《がわ》の越前《えちぜん》国かな、そこから京都をめざすんだ。でも伊曾保《いそほ》物語の時代になると、ポルトガルなど南蛮貿易《なんばんぼうえき》の窓口《まどぐち》は、おもに平戸《ひらど》という九州の島だった。宣教師《せんきょうし》たちもたくさんいた場所だね。

ガレー：今は「太宰府《だざいふ》」って書くみたい。音は同じでも字が違《ちが》うんだよね。昔の大宰府《だざいふ》はずっと貿易《ぼうえき》や外交担当《たんとう》のお役所があった場所で、海《うみ》沿《ぞ》いかと思ったらけっこう内陸《ないりく》だよ。平戸《ひらど》は長崎《ながさき》にも近く、大宰府《だざいふ》からみて真西の方角だね。南蛮船《なんばんせん》は南九州や堺《さかい》にも行ったけど、やっぱ

り平戸《ひらど》が多いかな。

アイルー：そうだね。ネズミくんたちもたぶん平戸《ひらど》から京の都をめざしたと思う。

ガレー：イソップさんのお話は短くてわかりやすいから、日本人にラテン語を教える教科書にちょうどよかったみたい。

アイルー：キリスト教っぽくなくて面白《おもしろ》いし、鎖国《さこく》後も伊曾保《いそほ》物語だけはひきつづき日本で親しまれた。そのおかげかな、伊曾保《いそほ》物語のネズミくんたちも、なかなかうまく京になじんでいるよ。

　京のネズミが田舎《いなか》のネズミに大歓迎《だいかんげい》されました。それで京のネズミはお返しをしたくなり、田舎《いなか》のネズミを京へ連《つ》れていきました。京のネズミの住みかは「京都所司代《しょしだい》」という、えらいお役人の屋敷《やしき》の倉《くら》で、珍《めずら》しいお宝《たから》にもおいしいものにも不自由《ふじゆう》しません。ところが、ネズミたちの宴《うたげ》たけなわにいきなり戸が開き、倉《くら》をあずかる役人が入ってきました。京のネズミは勝手知ったる住みかですぐ隠《かく》れられましたが、倉《くら》の中をよく知らない田舎《いなか》のネズミはあちこち逃《に》げまどい、なんとか物陰《ものかげ》に隠《かく》れて命を拾いました。さて、ネズミたちは倉《くら》役人が出ていくとまたもや集まってきて田舎《いなか》のネズミに言いました。「たかがこれしきで驚《おどろ》いてどうします。いつでもこんなごちそうを楽しめるのが京の都の役得《やくとく》ですよ。なんなりとご自由に、お好《す》きなものを召《め》し上《あ》がれ」

田舎《いなか》のネズミは答えて、「この倉《くら》を知りつくしたみなさんなら、そうでしょうね。ですが、わたしどもはもういいです。なぜかと申しますと、この屋敷《やしき》の人たちはネズミを憎《にく》んでいて、あらゆるワナやネズミ捕《と》りをしかけ、猫《ねこ》まで何十匹《ぴき》も飼《か》っています。十中八九はまず助かりますまい。そこへいくと住《す》み慣《な》れた田舎《いなか》は人間に出くわしても、わらくずの山にもぐればいいだけ。のんきなものです」と、さっさと帰りました。

教訓《きょうくん》　ふつうの人が身分の高い人に近づいても、ろくなことになりません。そのへんをわきまえないと、たちまちひどい目にあいます。貧《まず》しくても気楽がいちばん。貧乏《びんぼう》を楽しむ心がけがあれば、外で遊べなくても、たくさんの幸せという宝《たから》を抱《かか》えて家でゆったり過《す》ごせます。中でも、貧乏《びんぼう》に磨《みが》かれた謙虚《けんきょ》な忍耐心《にんたいしん》は至宝《しほう》というべきです。お金があればあったで気が休まらず、見栄《みえ》やおごりにまつわる悩《なや》みはつきません。

（天草本　伊曾保《いそほ》物語）

ガレー：京都所司代《しょしだい》は京都を治《おさ》める役人のトップで、京都の町奉行所《まちぶぎょうしょ》よりも上だね。京都の人からはダメ出しを食《く》らいそうだけど、むりやり当てはめれば京都府《ふ》知事ってとこ？

3. 虫たちの声のリレー〔目的地《もくてきち》　日本・明治《めいじ》時代〕

アリとセミ

冬の日に、アリたちは夏のうちにたくわえた穀物《こくもつ》を虫《むし》干《ぼ》ししていました。そこへ腹《はら》ペコのセミが来て、飢《う》え死《じ》にしそうだから自分にも少し恵《めぐ》んでくれとねだります。

「夏中、何をしてたんですか」と尋《たず》ねられたセミは、「怠《なま》けていたんじゃないんです。歌うのに忙《いそが》しくて」と答えました。

アリは笑《わら》って穀物《こくもつ》をしまいながら、こう言ってやりました。「夏を音楽で過《す》ごしたんなら、冬は踊《おど》って過《す》ごしなさいよ」

（イソップ）

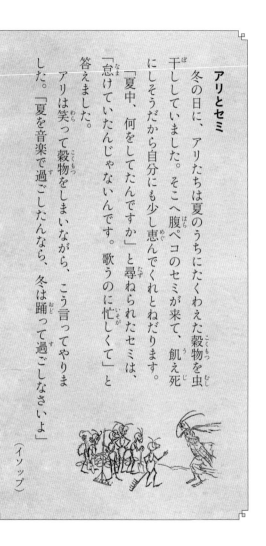

ドイツからイギリスへ　～キリギリス

アイルー：『夜ふけに読みたい　はじまりのイソップ物語』の「広がって変《か》わってゆく」でも言ったように、ギリシアはセミね。アルプスを越《こ》えればキリギリスにバトンタッチする。

ガレー：ドイツはキリギリスの国だね。

アイルー：ドイツも、ドイツのイソップを直輸入《ちょくゆにゅう》したイギリスもキリギリスだよ。イギリスはその後の流れもあるから、どこか頭のすみっこにでも入れといて。

ガレー：わかった。で、フランスは？

フランスからロシアへ　～コオロギとトンボ

アイルー：フランスはコオロギね。作《つく》りかえたのはラ・フォンテーヌさん。お話をふくらませるのがとにかくうまくて、どううまいかは次の「すっぱいぶどうを追いかけて」で見てもらうけど、元のお話をわかりやすく補《おぎな》う以上《いじょう》に、思い切ってふくらませる人だった。

ガレー：わたしもキリギリスよりコオロギ派《は》だから、熱《あつ》く語る気持ちはわかるなあ。コオロギは声もいいし、香《こう》ばしくておいしいし。

アイルー：きみのその「好《す》き」とはちょっと違《ちが》うんじゃないか……まあとにかく、ラ・フォンテーヌさんはフランスの人気作家で、フランス国内はもちろん、遠い国にも大ファンがたくさんいた。たとえば帝政《ていせい》ロシアとか。

ガレー：ロシア？

アイルー：うん。ロシア貴族《きぞく》はフランス語が必須《ひっす》でね、宮廷《きゅうてい》ではフランス語を話していたんだ。固有《こゆう》のロシア文化はあるけど、貴族《きぞく》はもっぱらフランス語やフランス文化ばかりで。その流れでラ・フォンテーヌもすごく読まれ、影響《えいきょう》を受けたロシア作家もたくさんいたよ。ドイツの影響《えいきょう》もそれなりにあったけど、フランスにはかなわなかったね。

ガレー：でもさ、せっかく固有《こゆう》文化があるなら、そっちを大事にすればいいじゃないか。

アイルー：まあ、よその国にあこがれる人は世界中どこにでもいるよ。やがて十九世紀《せいき》になると寓話《ぐうわ》作家のクルイロフという人がラ・フォン

テーヌのお話をロシア語に訳《やく》し、コオロギをトンボに置《お》き換《か》えた。

ガレー：え？　トンボは鳴かないよ？

アイルー：たまにブーンと羽音をたてるけど、歌とは呼《よ》べないね。だけど日本語でも「極楽《ごくらく》トンボ」と言うぐらいで、いかにもお気楽そうに見えるんじゃない？　ちなみにロシア文学を代表する文豪《ぶんごう》トルストイも、農民《のうみん》向けにギリシア語からイソップを訳《やく》した時にやっぱりトンボを選《えら》んだおかげで、ロシアはトンボの国になっちゃった。

ガレー：えー、せっかくここまでリレーしてきたのに。途中《とちゅう》でバトンを落っことした気分だ。

アイルー：いやいや、おかげでイソップ民話《みんわ》はロシアでも親しまれるようになり、ドイツのグリムさんたちをお手本にロシア民話《みんわ》を集める人たちもあらわれた。トルストイもロシア民話《みんわ》の世界にめざめ、「イワンのばか」などの名作を残《のこ》しているよ。

イギリスから日本へ　～キリギリス・イナゴ・またキリギリス

アイルー：さてと、このへんでロシアからキリギリスの国イギリスに戻《もど》

ろうか。そこからさらに日本へつながっていくよ。一八六一年にロンドンで『教訓《きょうくん》イソップ童話』が出版《しゅっぱん》され、福澤諭吉《ふくざわゆきち》という人の目にとまった。諭吉《ゆきち》さんはこの本を全五巻《かん》に訳《やく》して一八七二（明治《めいじ》五）年に出版《しゅっぱん》し、こうしてキリギリスはイナゴに化けて明治《めいじ》日本にやってきたのさ。あいかわらず船でね。ただし開国したから、鎖国《さこく》の時みたいに九州から陸《りく》をずっと歩いてこなくてもよくなり、横浜《よこはま》から上陸《じょうりく》してすぐ東京に行けるようになった。

ガレー：近くて便利《べんり》だね。ところで、イナゴって鳴くの？

アイルー：鳴くのもいるし、日本全国にいるみたいだよ。諭吉《ゆきち》さんの小さいころにも身近な虫だったんじゃないかな。それと、キリギリスやカマドウマを不吉《ふきつ》だといって嫌《きら》う地方もあるみたい。そこからお話に変《へん》なイメージがつくのを嫌《きら》ったのかもね。じゃあ、諭吉《ゆきち》さん流のイソップを読んでみて。

秋は過《す》ぎ、早くも冬になりました。アリの仲間《なかま》は、雨露《あめつゆ》にさらされた穀《こく》物《もっ》の山を巣《す》のそばにしまいこむのに忙《いそが》しく、とにかく寒さに備《そな》えようと、みんな総出《そうで》で働《はたら》いていました。ちょうどそこへ夏過《す》ぎまで生《い》き残《のこ》っていたイナゴが、すきっ腹《ぱら》と寒さにやられて半分死んだようになって近づくと、見苦しくペコペコしながら頼《たの》みました。「小麦でも大麦でもいいんです。困《こま》っているので、おたくのたくわえを一粒《つぶ》だけ恵《めぐ》んでくれませんか」

するとアリの一匹《ぴき》が問《と》い詰《つ》めました。「ぼくらは夏中ずっと辛抱《しんぼう》して、せっせと食べものをたくわえたんだぞ。なのに、きみはなんにも用意しなかったのか。長い夏をいったいなにして過《す》ごしていたんだい」

イナゴは赤くなって言いわけしました。「いやあ、それがね。夏の間はひたすら面白《おもしろ》おかしく、朝にはおいしい露《つゆ》を飲み、夕べになれば月に歌い、花と遊んで草とダンスし、冬が来るなんて思いもせずに遊びほうけていました」

アリは言ってやりました。「今の話を聞いたら、ぼくらの知ったこっちゃないね。だれだって夏中ずっと遊びほうけていたら、冬には飢《う》え死《じ》にするに決まってるよ」

（童蒙教草《どうもうおしえぐさ》）

アイルー：まじめに働《はたら》くことを大事にした人だったんだね。ただし、イナゴと訳《やく》したのは諭吉《ゆきち》さんだけみたい。このお話は戦前《せんぜん》の尋常《じんじょう》小学校の修身《しゅうしん》教科書にも載《の》ったんだけど、一九二二（大正十一）年の教科書ではもうキリギリスになってた。それから現代《げんだい》まで、日本の多数派《たすうは》はずっとキリギリスだよ。

4. すっぱいぶどうを追いかけて（目的地《もくてきち》　ロシア）

きつねとぶどう

腹《はら》ペコのきつねが、支柱《しちゅう》にさがったぶどうの房《ふさ》を見つけて取ろうとしました。でも届《とど》きません。それで離《はな》れていきながらぼそりと、「まだ食べごろになってないよ」

自分の力不足《ちからぶそく》なのに、タイミングが悪かっただけだと言《い》い張《は》るタイプは人間にもいますよね。

（イソップ）

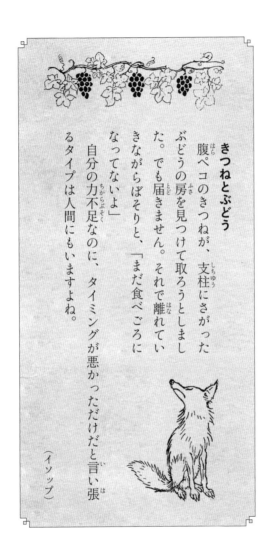

ガレー：日本以外《いがい》の目的地《もくてきち》も見てみようか。これは有名なイソップさんのお話だけど、ラ・フォンテーヌさんが語るとどうなるの？

アイルー：どうなるかは、まあ読んでみてよ。

むかしあるところに、キツネがおりました。キツネは、おなかがすいて、しにそうでした。ふと、うえを見ると、高いぶどうだなに、ぶどうが実っています。赤くじゅくして、丸々としたふさが、おもそうにたれています。けれども、あまり高いところにあるので、キツネにはとどきません。食べたくてたまらないところでしたが、とうていとどかないとわかると、キツネはいいました。

「ふん、あのぶどうは、すっぱいんだ」

さて、このキツネとおなじようなことを、あなたやわたしも、やったことはありませんか？ まけおしみをいったところで、ぶどうに手がとどくわけでもないのに。

（ラ・フォンテーヌ寓話集《ぐうわしゅう》）

ぶどうの木のように

ガレー：ずいぶん水増《みずま》しされてるねえ。でも、かえってお話の世界に入りこみやすくなった。

アイルー：でしょう。ラ・フォンテーヌさんは作家だけど、やってることは昔ながらの語《かた》り部《べ》そのものだよ。リアルな語りで、聞く人たちを自然《しぜん》にお話の世界に引きこむのが語《かた》り部《べ》のすべてだからね。聞かせてもらった人が自分なりに工夫《くふう》して、またほかの人に語り聞かせる。お話はそうやって変《か》わっていくのさ。

ガレー：なんだか、お話が古いぶどうの木に見えてきた。人から人へとつるを這《は》わせ、フランスから一気にロシアへ枝《えだ》をのばして。

アイルー：枝《えだ》ごとにみごとな実をつけてね。ラ・フォンテーヌさんはフランスの枝《えだ》に実り、そこからロシアへのびた枝《えだ》に実ったのがクルイロフさん。似《に》ているようでいて、読《よ》み比《くら》べればそれぞれ個性的《こせいてき》だよ。もともとロシアの人はアネクドートというピリッとした小話が大好《だいす》きだから、イソップさんやラ・フォンテーヌさんを受け入れやすかったんじゃないかな。

腹《はら》ペコのきつねがぶどう畑に入りこみました。たわわに熟《じゅく》したぶどうを食べたくてたまりません。汁《しる》けたっぷりで、つややかなルビーの房《ふさ》のようです。ただ困《こま》ったことに場所が高すぎて、きつねがどうがんばっても、目の前にあるのに食べられません。
　きつねはたっぷり一時間も粘《ねば》ったあげくにすごすごと立ち去り、こんな負《ま》け惜《お》しみを残《のこ》していきましたよ。「もういい！　あのぶどうはまだ青いじゃないか。うっかり食べてみろ、たちまち酸味《さんみ》で口の中がキュッとなるぞ」

（クルイロフ寓話集《ぐうわしゅう》）

アイルー：枝先《えださき》へいくほど変《か》わった実もなるけど、根っこはちゃんと「お話のゆりかご」にあるからね。枝《えだ》がのびすぎれば、根っこからじかに

養分《ようぶん》をくんでくる人があらわれ、お話に新しい命を吹《ふ》きこんでくれる。おかげでマンネリ化せずにいられるんだ。

ガレー：ロシアはトルストイさんで決まりかな。古さと新しさのバランスって大切だね。

きつねは、じゅくしたぶどうのふさがたれ下がっているのを見ました。なんとかしてたべようと、いろいろやってみました。長いあいだがんばりましたが、とることができません。きつねは、くやしさをまぎらわすために、ひとりごとをいいました。「あのぶどうは、まだ、あおいじゃないか」

（トルストイ）

5. きちんとお片《かた》づけしましょう（目的地《もくてきち》　アメリカ）

片《かた》づけ名人ペリー先生

アイルー：こうして各国《かっこく》にイソップさんのお話が広まり、新しいお話もたくさん増《ふ》えて、いつのまにか千近くになってた。

ガレー：うわ。さすがに多くない？

アイルー：もう、多すぎてわけわかんない。さすがに有名なお話は大丈《だいじょう》夫《ぶ》だけど、マイナーなのは埋《う》もれてしまいそうだった。

ガレー：もったいないねえ。

アイルー：そうならなかったのは、アメリカのイリノイ大学にいたベン・エドウィン・ペリー（一八九二―一九六八）先生のおかげさ。一九五二年に『アエソピカ』という本を出してね、めぼしいお話に番号を振《ふ》ったリストをつけてくれたの。全部で七百ちょっとあって、ペリー・インデックスと呼《よ》ばれて世界中で重宝《ちょうほう》されてる。

ガレー：わりと最近《さいきん》の話なんだね。使い方にコツはある？

アイルー：うーん、しいて言えば見方かなあ。若《わか》い番号はイソップさんか、同じ時代のギリシアのお話が多いんだ。たとえば、「カメとワシ」はペリー・インデックスの二三〇番、ネズミたちは三五二番、「アリとセミ」は三七三番、「きつねとぶどう」は一五番だよ。

訳者《やくしゃ》あとがき

お話はブドウの木に似《に》ています。人から人へつるを伸《の》ばして葉を茂《しげ》らせ、やがて、たわわに実ります。実の色や形は国ごとに、民族《みんぞく》ごとに、あるいは時代ごとに違《ちが》ってきますが、どの房《ふさ》もみずみずしい味わいでいつでもどこでも人を癒《いや》し、力づけてくれます。

そうしたお話たちが旅をする道は、主にふたつあります。ひとつは血とともにある道で、移住《いじゅう》した人たちが新天地に生まれ故郷《こきょう》のお話を持ちこみ、幼《おさな》いころに聞いたお話を子どもや孫《まご》に語《かた》り伝《つた》えていきます。『夜ふけに読みたい不思議《ふしぎ》なイギリスのおとぎ話』の「赤ずきんちゃん」のように、古くから語られてきたお話には、時として意外なルーツがひそんでいるものです。

もうひとつがこの本でとりあげた、文化とともに受《う》け渡《わた》しされる道です。こちらは血筋《ちすじ》にかかわりなく、お話そのものに共感《きょうかん》した人たちがそれぞれのやり方で語《かた》り伝《つた》えていきます。そうやって、まるでタンポポの綿毛《わたげ》のようにいつの間にか世界中に飛《と》んでいき、土地に根づいた花をそれぞれに咲《さ》かせます。種《たね》は同じなのに、同じ花はひとつもありません。その「違《ちが》い」を民族性《みんぞくせい》、またはお国柄《くにがら》と呼《よ》びます。そうしたものを尊重《そんちょう》し、愛《め》でながら、みなさんが異文化《いぶんか》に近づく一歩を踏《ふ》み出《だ》してくだされぱと願《ねが》っています。

今回も、たくさんの方々にお世話になりました。いつも応援《おうえん》してくださる書店や読者のみなさんにも、すてきなカットや地図素材《そざい》を手がけてくださった足立真人さん、美しい装丁《そうてい》にまとめてくださったマツダオフィスの内田優花さん、編集《へんしゅう》に心をくだいてくださった平凡社《へいぼんしゃ》の下中順平さんと高橋瑞穂さんにも、あらためて心より御礼《おんれい》申し上げます。

令和《れいわ》七年一月吉日《きちじつ》

出典・参考文献一覧

天草本 伊曾保物語（新村出翻字　岩波文庫）

ジャータカ全集3（前田專学訳　春秋社）

パンチャタントラ（岩瀬由佳訳　小学館世界J文学館）

攷証 今昔物語集　巻五天竺付仏前（芳賀矢一校訂　冨山房）

子どものためのラ・フォンテーヌのおはなし（マーガレット・ワイズ・ブラウン再話、
　あべきみこ訳　こぐま社）

童蒙教草初編　巻の二第十三章倹約の事（イ）蟻と蝗螽の事寓言
　（福澤諭吉訳　尚古堂）

第四期国定修身教科書 尋常小学修身書（文部省）

アリとハト トルストイ寓話（やまむらゆき訳　新読書社）

編訳者

田野崎アンドレーア嵐

（たのさき・アンドレーア・あらし）

1993年生まれ。東京大学大学院人文社会系研究科博士課程在籍・スウォンジー大学博士課程中退。専門は西洋中世史、ジェンダー史。主な訳書は『夜ふけに読みたい はじまりのイソップ物語』（共編訳、平凡社）、『中世の写本の隠れた作り手たち――ヘンリー八世から女世捨て人まで』（監訳、白水社）など。

和爾桃子

（わに・ももこ）

翻訳者（主に英米語）。慶應義塾大学文学部中退。「夜ふけに読みたいおとぎ話」シリーズ（共編訳、平凡社）、サキ四部作、デ・ラ・メア『アーモンドの木』『トランペット』（以上、白水Uブックス）、『マディバ・マジック――ネルソン・マンデラが選んだ子どもたちのためのアフリカ民話』（平凡社）など著訳書多数。

【お問い合わせ】
本書の内容に関するお問い合わせは
弊社お問い合わせフォームをご利用ください。
https://www.heibonsha.co.jp/contact/

夜ふけに読みたい
旅するイソップ物語

2025年1月23日　初版第1刷発行

編訳者　田野崎アンドレーア嵐、和爾桃子
挿　絵　アーサー・ラッカム
発行者　下中順平
発行所　株式会社平凡社
〒101-0051　東京都千代田区神田神保町3-29
電話　03-3230-6573（営業）

印　刷　株式会社東京印書館
製　本　大口製本印刷株式会社
デザイン　松田行正、内田優花
イラスト　足立真人

ISBN978-4-582-83978-4

落丁・乱丁本のお取り替えは小社読者サービス係までお送りください（送料小社負担）。
平凡社ホームページ　https://www.heibonsha.co.jp/

語り継がれたアフリカ民話の宝箱

マディバ・マジック

ネルソン・マンデラが選んだ子どもたちのためのアフリカ民話

ネルソン・マンデラ 編、 和爾桃子 訳

『マディバ・マジック』はアフリカで大事に語り継がれた32の民話を集めた宝箱のような一冊です。お話を選んだネルソン・マンデラさんは、「マディバ」の愛称で親しまれた第8代南アフリカ共和国大統領で、ノーベル平和賞も受賞しています。この本には「世界の人びとに、民話を通じてアフリカに親しんでもらいたい」という願いがこめられています。美しいアフリカンアートの挿絵とともにお楽しみください。

こども家庭庁児童福祉文化財 令和六年度推薦作品。

QRコードのリンク先、
平凡社HPでも
ご紹介しています

2023年9月20日刊行
B6判 296ページ